力得文化
Leader Culture

搞定

職場英文動詞

升職加薪**動**起來

黃予辰
Jessica Su ◎著

Your Verbal Power
in the Workplace

跟著本書的**4**大聯想記憶步驟，
迅速掌握關鍵職場英文情境「**動**」詞！
透過**4**大聯想記憶步驟＋**五**大學習功效
100% 啟「**動**」會議＋生意＋生活英語溝通方法搶先看：

1
Step
解理解【職場情境】遇到的
狀況，再帶出3個相對應並
能立即派上用場的**必備動詞**
👉 強化動詞與情境
的連結性！

2
Step
從【英文動詞分析與單句解構
】單元，全面掃描常見英文動
詞＋中英例句
👉 深入了解動詞的各種用法！

3
Step
由【英文動詞的實務延伸
與應用】，輔以ＮＧ＋
GOOD版英文口語或寫作
的範例和解析
👉 加深情境動詞的
印象！

4
Step
最後跟著【職場巧巧說】
迅速獲取與職場情境動
詞相關的資訊與知識，
快速提升職場競爭力！

Bonus
加分效果

每步驟皆提供各職場情境，如撰
寫履歷、會議英文簡報訣竅、說
服客戶技巧、參加國際展覽與社
交應酬應對……等的中、英文
小提醒
👉 英文＆職場能力同步晉級，
職場升遷、加薪 No Problem！

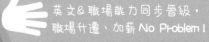

作者序

　　本書將帶領你透過各種商業情境，以實際演練的方式來剖析各種英文動詞的用法。作者以多年的英語學習經驗告訴你：動詞絕對是英語造句與會話的關鍵啊！從人際溝通的議題引導你如何用對動詞破冰、進入國際企業後與客戶的簡報與談判技巧，以及讓你談成生意的社交應酬關鍵字，本書都幫你著想到了。你想爭取訂單與老闆的刮目相看嗎？本書就是你英語能力快速晉級的最佳選擇！

黃予辰

作者序

　　學了那麼多英文，遇到國外客戶時總是不知道該怎麼開口嗎？我們從小到大學了多年的英文，但是遇到外國人真正敢開口說話的人實在少之又少，這不是因為我們學的少，而是因為無法活用所學；不知道如何將所學過的單字正確地表達自己的意思。

　　本書精選最實用的90大動詞，您一定認識 arrive、promote、check 及 inform... 等字，但在職場上該怎麼活用這些字呢？

　　本書共有3大篇（人際溝通、會議英文與談成生意篇）、多種職場情境，每個情境各有3個動詞解析及生動的例句，幫助您能活用這些已知單字，看完就能學會！再配合簡短的 NG & GOOD 情境對話，輕鬆對照就能了解該怎麼說更加生動。另有筆者多年面對國外客戶應對的經驗分享，幫助讀者活用90大動詞，未來面對外國客戶時更能應對自如。

Jessica Su

Contents 目次

Part 1 人際溝通——破冰篇

Part 2 會議英文——專業篇

Part 3 談成生意──實務篇

Unit
01
談成生意 - 信件往來
E-mail Correspondence

STEP 1 ▶▶ **E-mail 信件來往，首先掌握 arrive、remind 和 revise 這三個動詞！**

在貿易的商務場合上，英文是最常被使用到的共通語言，把握住幾大英語動詞的用法，在溝通談判上絕對能夠事半功倍，也同時讓客戶與老闆對你刮目相看。先從接洽客戶開始談起，E-mail 的書信往來幾乎占了八成以上，因此如何正確的表達，事半功倍地達到溝通的目的呢？請先掌握 arrive、remind 和 revise 這個幾個動詞吧！

STEP 2 ▶▶ **掌握動詞用法：**

Arrive 在字面上的涵義是到達或到來。國際貿易上經常會有貨櫃或是商品的運送、取貨，或是客戶於約定時間來訪等等。arrive 的用法絕對值得多花點時間徹底理解喔！國際貿易因為時差的關係，很多時候溝通不能即時，也因為語言與國情不同的屏障，下單與訂單內容其實很容易造成誤會，因此我們務必要學會禮貌地提醒（remind）以及有效率地修正（revise），這樣就可以將傷害降到最小，讓公司的利益達到最大的目的囉！

■ Arrive是不及物動詞intransitive verb(vi)，用法上不需要在後面連接受詞也是完整的句子，所以在使用上只要專注在想要表達的語意上就好囉！。究竟抵達（arrive）會在幾種情境下出現在商業行為上呢？請參考以下幾個狀況：

動詞分析與單句解構

1. 信件、郵件或物品等被送達

   例 When will the package arrive? 這個包裹什麼時候會到？

   解析 Arrive是不及物動詞，因此arrive後面不需要加上任何名詞，就已經提示包裹即將被送達某處，也就是問話者所指定的地點。

2. 某人的到來或旅行到某個定點

   例 The customer arrived in Taipei last Monday.
   客戶在上星期一抵達了台北。

   解析1 這個句型是arrive＋介系詞＋受詞的範例。你可能會覺得奇怪，arrive是不及物動詞，後面加受詞行得通嗎？當然可以！但請記得在中間加個介系詞，要不然客戶會聽得一頭霧水喔！在這裡使用的是 "in"，因為受詞 "Taipei" 是個廣泛的地區，如果今天受詞是特定的區域像是地址或是某個特定的場所，則可以改用 "at" 讓語意更加到位。

解析2 Tips：Arrive in+ 較大範圍、不特定的地區：Arrive如果加上介系詞in可以適用在廣大的空間或非特定的時間上，例如像城市或國家這種大範圍的地區，這類的用法十分常見。例：The dry cargo that contains the mother boards had arrived in Paris last night.那個裝運主機板的普通貨櫃昨晚已經到巴黎了。

　　跨國的交易通常在下訂單後，會需要控管到貨的時間，原因是國外放假的時間都跟台灣不同，而且常常一放就長達一個月，時差加上國情的差異，如何禮貌性地提醒國外廠商，又不延誤到自己出貨的時間，建議您好好活用提醒（remind）這個動詞喔！

■ Remind是及物動詞，帶有提醒與提示的意味。常見的用法為remind someone about something或　是remind someone of something。

動詞分析與單句解構 ②

1. Remind +someone about +N ＝提醒某人關於某事

　例▶ I would like to remind you about the order of the end table, which needs to be sent out by FedEx tomorrow.
　我想要提醒您邊桌的訂單最晚明天需要用快遞寄出。

2. remind是及物動詞，記得要在後面加受詞，例如remind you, remind her...

例▶ Just to remind you that we are still waiting for the confirmation on the shipping date of our custom-made crystal tea sets.

我只想要提醒您，我們還在等候您確認客製化水晶茶具組的出貨日。

　　無論是挑選貨品或是買賣上，總是想要兼顧品質跟價位以追求最大的利潤。在談判的過程當中，無疑是互相了解的最佳時間！盡力在採購前評估對方的樣品與公司的誠信度，以及商品是否能安然地度過海運過程，或商品是否能夠維修或是理賠，這些都是需要一併思考的方向。商場的瞬息萬變也常會讓採購的過程產生變化，所以你得懂如何做修正（revise）！

■ Revise為及物動詞，為更改、修正的意思。

動詞分析與單句解構 ③

1. revise動詞，做更改的意思時……

例▶ Please be noted that I have revised the number of armchairs and cushions on the purchase order.

提醒您我已經修正了訂單上扶手椅和抱枕的數量。

2. revise動詞，做更改修正的意思時……

例▶ The catalogue had been revised due to error on table lamp specification.

型錄因為桌燈的規格錯誤，已經被重新更正了。

STEP 3 ▶▶ 延伸用法 & Show time

　　看完了動詞解析後，開始進階到對話應答囉！將動詞透過對話的模式，再更加充分理解動詞在句子當中所扮演的角色，慢慢地就能學會活用文法。現在來模擬和客戶之間約定會議時間的對話，我們先來看個NG版，再思考看看有沒有更好的說法吧！

NG! 對話

A: I will arrive March 5th and wonder if you will be free for a meeting?

B: Sorry, I can't because I am going to Europe on March 3rd.

A: I guess I can revise a few schedule and meet you on March 1st.

B: Good, I will let everyone know that you are coming a week before your arrival.

A：我三月五號到台灣，那一天你有空嗎？

B：抱歉，我沒辦法，因為三月三號要去歐洲。

A：我也許可以更改一些會議跟你約在三月一號見面。

B：好啊，我會在你到達一週前，提醒大家你要過來。

NG! 對話解析

　　之前有提到過arrive後面若要加上受詞一定要加上介系詞，在特定日期尤其可以肯定要採用on才是正確用法。請務必改成I plan to arrive on March 5th.

1. I wonder if you are free...

　　解析「不知道你是不是有空」這個片語雖然文法沒錯，但太過口語化了，請在朋友間使用就好。

2. Sorry I can't...

　　解析 這樣的用語有點太過強烈，而且can/ can not是表示能力，雖然口語很常見，但若改用Sorry, I am afraid I will not be available... 來形容自己沒有辦法赴約，會是比較有禮貌的說法。而且在拒絕對方的時候最好預留轉圜空間，讓對方可以搭上話或是跟你改約時間，才是對話的基本要素喔！例如：Do you think it is a possibility to revise your schedule?您是否有可能更改行程呢？這樣的用法，讓對方有空間可以繼續跟你對話是不是有禮貌多了呢？

3. I guess...

　　解析 是我們不是很確定或是試探性口吻的口語用法，請不要在商業場合使用，因為任何的不確定在談判上都會顯得不夠慎重。

4. I will let everyone know that you are coming...

解析 這 種 用 語 很 像 在 跟 同 儕 對 話 ， 可 以 改 成 I will notify my coworkers about your arrival... 加上通知的對象也會讓對方感受到尊重，不只是隨口輕鬆答應而已。

GOOD! 對話

A: I plan to arrive on March 5th and would like to know if you will be available?

B: Is it possible to revise your travel plans to arrive earlier since I am leaving for Europe on March 3rd?

A: I see. I can probably switch my schedule to meet you on March 1st.

B: Great, then I will send out a meeting notice to remind everyone a week before your arrival.

A：我三月五號會到台灣，不知道你那一天方便嗎？

B：你可以更改你的旅程提早過來嗎？因為我三月三號要去歐洲。

A：了解，我也許可以改變時程，好和你約在三月一號見面。

B：太好了，我會在你到達前一週發出會議通知提醒我的同事們。

GOOD! 對話解析

　　正確的對話就在日期前方冠上介系詞on了，另外還有什麼值得一學的用法呢？我們又能從這些用法學會什麼職場上對話的技巧？來看下去吧！

1. Someone would like to＋原形動詞＝禮貌的提出自己的要求

　　解析 Someone would like to＋原形動詞＝禮貌的提出自己的要求，如：I would like to place an order on the coffee table with glossy ivory polyester lacquer with bronze feet. 我想訂購一張白色亮面聚酯纖維塗漆的咖啡桌，搭配黃銅材質的桌腳。

2. Place an order on＋N下訂單

　　解析 在這邊提供一個關於訂購貨品的例句，如：Can you place an order on #119 and #623 on the catalogue? 你可以幫我下單型錄上的119號跟623號嗎？

3. Is it possible to revise...

　　解析 可以更改……嗎？如：Is it possible to revise our purchase order? 我可以更改訂購單嗎？

4. Since

　　解析 是個好用的介系詞，用來表達基於、既然、由於某種原因的意思。如：Since I have an early meeting tomorrow, I want to go to bed now. 由於明天一早要開會，我想現在就上床睡覺。

5. To remind

解析 是去提醒的意思，為及物動詞，因此後面加上everyone來指定
提醒的對象。

6. arrival

解析 是arrive的名詞，到達的意思，也可以用作為到達的人、物或代
表新生兒。如：

a. We threw a party to welcome the new arrivals.
我們舉辦了一個派對來歡迎新進人員。

b. The host kindly waited for our arrivals.
主持人貼心地等待我們的到來。

c. The store manager usually places the new arrivals right
next to the window.
店經理習慣把新貨放在窗邊。

職場巧巧說

商務貿易的領域裡出差或是接待國外客戶是家常便飯，所以我們來談談一些國際禮儀與常識吧！Arrival Lobby 是入境大廳的意思，但更常見的用法是 "arrival"，而出境則是 "departure"。出差到國外會跟接送的司機約在 arrival lobby，也就是出關後會到達的航廈。After you arrived, please wait for me at the only coffee shop in arrival, which will be on your right hand side when you exit the custom. 等你到達之後，請待在入境大廳唯一一間的咖啡廳等我，它會在你出關後的右手邊。

如果有出差到歐洲，也許沿途有購物累積到可退稅的金額，就可以在機場辦理退稅。除了事先在網路上 check in 可以節省時間外，也要提早到機場辦理退稅喔！世界各地的人都喜歡到歐洲購物，因為有許多名牌與退稅的優惠，因此每每到退稅窗口都是大排長龍。建議搭乘國際線的時候提早 3 小時抵達機場。It is advised to arrive 3 hours prior to your departure if you are taking an international flight. 提早一點到機場可以提高旅行的品質，免除在機場奔波的窘境。登機證與護照最好貼身地放好，這樣除了能避免扒手外，還能應付時常需要檢查證件的通關手續。

通常登機的時候需要檢查護照，尤其是遲到的乘客，如果沒有洽當的證明文件，很可能會被禁止上飛機。Your passport is usually required before boarding, especially for passengers arrive late at the gate; when lacking the proper identification, you might be denied access to the plane. 記得要把手機和筆記型電腦另外拿出來通過安檢機器。通過安檢的時候請捨棄你的飲料，因為這違反了機上規定；另外，請用有牌子的瓶罐去裝你隨身的乳液或其他用品，讓安檢人員能夠馬上做出辨識。

Unit
02 面試訣竅
Interview Skills

▶▶ 面試訣竅，首先掌握 contribute、
promote、recruit 這三個動詞！

　　業務性質的工作對於職場新鮮人或是轉換跑道者是個好選擇，因為專業的know-how可以透過教育訓練來補強，入行門檻相對不會太高，又可以透過商場的交涉與談判來磨練自己。尤其是海外業務更是需要出差到世界各地開發市場，即使過程會有挫折與困境，這樣的人生經驗無法透過學校來領受。勇於接受挑戰的你，應該在思考如何進入這個領域吧？最初當然要透過面試去做初步的篩選，因此很多人對於面試感到恐懼。針對業務員來說，如何將產品賣出去是最重要的一件事。以這樣的心態去努力，其實在面試的過程當中可以把主考官當成你的客戶，而你就是商品，如何推銷自己、自己的人格特質又能為公司產生什麼附加價值，進而讓對方願意聘用你？針對面試這個部分，我們可以透過瞭解contribute、promote、recruit這三個動詞去開始做準備。

　　首先，透徹地瞭解你想進入的產業，例如產業動向、市場龍頭的成功經驗、產業報導、並瞭解面試公司的主力產品與行銷手法。再將自身的優勢融合在推廣主力商品上，證明自己可以對公司作出貢獻（contribute）就達成第一步驟囉！也許你不是本科系出身的人才，但是也許你語言能力很強、擅長溝通、充滿熱誠又正面思考，適當地推廣（promote）自己的能力與公司的優勢，面試就幾乎成功一半了。最後，適當的服裝儀容、禮貌地應對、詢問主考官是否能做筆記，甚至是反問問題都會讓對方加深好的印象，被僱用（recruit）似乎也很理所當然啊！

STEP 2 ▶▶ 掌握動詞用法：

　　面試的過程中除了提供自我介紹（self-introduction）、教育背景（educational background）以及工作經驗(past working experiences)之外，最常會被問到What can you contribute to this company? 你可以為這個公司帶來什麼貢獻呢？Tell them you can contribute by giving examples of what you have accomplished in the past, and to relate them to what you can achieve in the future. 你可以說明過去成功的例子，以及如何將它運用在新工作上以顯示出你的貢獻度。如：I can contribute my efficiency and organizational skills to work well in a group.我可以在團隊中貢獻出我的效率以及統整能力。

■ Contribute可以被當成及物動詞（vt）或是不及物動詞（vi），但用法有些許差異在。例如講到貢獻或提供點子跟意見的時候，很明顯的，受詞就是你提出貢獻的事物。

動詞分析與單句解構 ①

1. contribute貢獻或提供（點子或意見）〔(+to/towards)〕

　　例▶ She contributed a few thoughtful opinions towards the project.針對這個專案她提供了許多有建設性的意見。

2. contribute也有捐獻、捐助的涵義在，做及物動詞（+to/towards）

　　例▶ He contributed half of his salary to the animal shelter.
　　他將薪水的一半捐獻給動物收容所。

3. contribute當成不及物動詞的用法則把重點放在貢獻的這個行動上，不需要說明內容；意為貢獻，出力。

> 例 After months of job training, it is time for us to contribute.
> 接受了數月的職前訓練，該是我們回饋的時候了！

　　台灣人習慣謙虛，但在面試中請放棄這個想法。要像一個吸引人的品牌一樣，你的優點要盡量地突顯出來，讓面試者有了解你的機會。To learn to promote yourself in the interview is the key to success.學會在面試當中毛遂自薦是成功的不二法則喔！

■ Promote是及物動詞喔，有宣傳跟推廣等意義。我們來看看在面試中的常用句型吧！

動詞分析與單句解構 ②

1. 宣傳，推銷（商品等）

> 例 My previous job was to coordinate marketing events and to promote brand image.
> 我之前的工作是協調行銷活動和宣傳品牌形象。

2. 晉升（+to）

> 例 I was promoted to sales manager due to a 200% increase in my sales target.
> 由於我的銷售目標增長了200%，因而晉升至銷售經理的職位。

3. 促進;發揚

> 例▶ The cooperation with our vendors is promoted by annual visits to vendor's factories and the constant communication between us.
>
> 每年固定拜訪供應商的廠房與持續的溝通促進了我們的合作關係。

4. 發起,創立

> 例▶ I promoted the new product with the help of Facebook social media and channel marketing events.
>
> 我透過臉書社群網站與通路活動創立了新產品。

在面試當中充份表達自己可以貢獻的才能,再透過實際經驗推廣自己,在眾多的競爭對手中脫穎而出,讓新公司覺得僱用(recruit)你會是最好的選擇。

■ Recruit不只是聘用的意思,也許還有其他方式可以運用在自我表達上喔!

動詞分析與單句解構 ③

1. 徵募;吸收(新成員)

> 例▶ We recruited over 3000 members through a lucky draw event last summer.
>
> 去年夏天我們透過一個抽獎活動募集了超過3000名會員。

2. 雇用，聘用

例▶ I was recruited immediately since I fit their profile perfectly.
我完全符合他們的理想條件所以馬上就被錄取了。

3. 恢復（健康或體力）

例1▶ I quit my job and volunteer to recruit.
我把工作辭了再去做義工當成休息。

例2▶ The trip and the yoga classes recruited me.
旅行和瑜珈課程使我恢復能量。

4. Recruit被當成名詞時有新手、新成員或新兵的意思。在面試當中被問到平時的休閒興趣也可派上用場喔！

例▶ I am responsible for new recruits in the music club.
我在樂團裡負責招呼新成員。

STEP 3 ▶▶ 延伸用法 & Show time

　　看完了動詞解析後，開始進階到對話應答囉！將動詞透過對話的模式，再更加充分理解動詞在句子當中所扮演的角色，慢慢地就能學會活用文法。現在來模擬參加海外業務面試的對話，我們先來看個NG版，再思考看看有沒有更好的說法吧！

NG! 對話 1

A: Why shall we recruit you?

B: Having worked as a marketing assistant, I can effectively write and edit press releases to promote my product to the target audience.

A: I see, could you tell me why you have left your job?

B: My employer contributed zero opportunities in the direction I'd like to head and we didn't exactly get along.

A：為什麼我們該錄取你呢？

B：身為一個行銷助理，我能夠精準地撰寫與編輯新聞稿，有效地宣傳我的產品到目標群眾。

A：我了解了，那你可以大致說一下為什麼離開上一份工作嗎？

B：我之前的雇主不能提供任何機會到我想發展的領域，而且我們相處的並不好。

NG! 對話解析 1

　　面試的時候要針對面試的職位做最適當的回答，例如說應徵海外業務，就要提供相關的工作經驗讓自己顯得更好。對於海外業務來說，在新聞稿方面很有研究，對業績來說並沒有很大幫助，因此回答行銷相關的工作技能並不能彰顯你也能勝任業務的職責。

1. employer & employee兩個字非常相似，但employer是雇主，employee是受雇者，也就是職員或員工的意思，千萬別搞混囉！

2. direction 做名詞，是方向的意思，在這裡是指 "事業想要發展的方向"。

解析　direction 也常被當作 "位置上的方向" 來使用。例：We better stop and ask for direction.「我們最好停下來問路。」。當面試官詢問離職原因的時候，最好還是以自己的人生規劃或是家庭發生了特殊狀況來回答。說長道短、跟上級處不好，或是責怪對方不能提供給你更好的環境，會給人無法圓融處理事情的壞印象喔！那該怎麼樣回答好呢？我們來看看 Good 版本吧！

GOOD! 對話 1

A: What are your strong points?

B: I am a skilled salesman with over ten years of experience. I have exceeded my sales goals every quarter and I've earned a bonus each year since I was recruited.

A: I see, could you tell me why you left your current position?

B: After several years in my last position, I'm looking for a company where I can contribute, grow in a team-oriented environment and promote myself in the next few years.

A：你的優勢在哪裡呢？

B：我擁有 10 年的業務經驗。我不但超越每季的業績目標，並且在錄取之後每年都拿到了業績獎金。

A：我了解了，那你可以說明你為何想離開目前的職位嗎？

B：在上個工作崗位做了幾年後，我體會到我想在一個團隊至上的環境貢獻心力，並且在接下來幾年可以更加成長。

GOOD! 對話解析 1

　　有發現到了嗎？當主考官問到個人優勢的時候，應該回答跟面試職位有直接相關的經驗，再加上具體的例子，例如面試海外業務就該提出業績的成果、海外參展的成功經驗、語言能力或是溝通技巧，會讓對方加深正面的印象喔！如果是溝通技巧該怎樣表達呢？I have solid communication skills, which helps me work well with customers and team members. Working on team projects has allowed me to promote my ability to communicate clearly with others, and mediate conflicts between team members.「我有穩健的溝通技巧，讓我跟客戶和組員之間的關係無往不利。過去團隊工作的經驗讓我提升了溝通技巧，讓我能夠清楚地表達，並且協調團隊中的衝突。」。記得要用具體的經驗加強你的個人優勢喔！

1. team-orientated 團隊導向。N + orientated（以……為導向），orientate 有定位、導向的意思。常見的有 goal orientated 目標導向、people orientated 人群導向。

　　例 Goal orientated person gives out impressions such as hardworking, concerns with productivity and efficiency and finishing their goals with courage. 目標導向的人有著努力、關心效率與成果以及勇於完成目標等特質。

NG! 對話2

A: How do you handle drawbacks?

B: I avoid failure by not making any mistakes. Ever since I was recruited, I contribute to the company by carefully planning every step so I didn't disappoint anyone on the way.

A: I see, so why do you want this job?

B: I think the salary and the working hour fit my expectation. Taking this job will promote my lifestyle.

A：你都是怎麼面對挫折？

B：我會避免犯錯來減少失敗的機率。自從被錄取之後，我透過縝密的計畫為公司做出貢獻，不讓大家有對我失望的機會。

A：了解，那請問你為什麼想要這份工作呢？

B：我覺得薪水和工作時間符合我的理想，而且這份工作能讓我的生活品質提升。

NG! 對話解析2

　　針對成功的經驗大部分人也許能夠侃侃而談，但其實面對失敗的處理，會是企業更看重的部分喔！因為這可以看得出你是否善於處理困境，有足以反敗為勝的能力。

1. avoid (vt)是避開/避免的意思，用法是avoid +N or avoid V+ing
例如：avoid running避免跑步。Avoid failure by not making any

mistakes.這樣的說法會讓人聯想到你不願意接受挑戰或是害怕犯錯。避免犯錯還不如提出具體改善的方案或是表現出正面積極的態度會比較恰當喔！

2. 當被問到想要這份工作的理由時，盡量不要提到是因為薪水或是工作時間固定這類的答案。畢竟企業會想要招募的對象會是有熱誠、並且能夠將自己的人格特質與過去經驗充分運用在工作上的人。還是要把握機會行銷自己的優點，再次提醒主考官你值得被錄取的原因喔！

GOOD! 對話2

A: How would you handle failure?

B: I would seek advice from professionals or take seminars to promote my skills. My approach is to figure out what I could change to avoid similar circumstances in the future.

A: Why do you want to be recruited?

B: I believe your company is where I can contribute and make a difference. The job contains the challenge to keep me on my toes and looking forward to coming to work every morning.

A：請問你會怎麼面對失敗？

B：我會詢問專業的建議或是去參加研討會以提升我的專業技能。我會找出改善的方式，以避免以後犯同樣的錯誤。

A：為什麼你想被我們雇用？

B：我相信貴公司是我可以貢獻心力與做出改變的地方。
這份工作充滿挑戰性，能讓我充滿鬥志，
每天都期待來上班。

GOOD! 對話解析2

　　被問到遇到失敗的時候會怎樣表現，請正面積極地應對，例如向前輩或上司請益，亦或是再度進修以補強自己的能力，都是很好的回答。

---

1. 你甚至可以說 I work out when the road gets bumpy. It promotes my positive energy and allows me to figure out my next step. 當我面臨困境的時候，我會去運動。運動讓我變得樂觀，也讓我能冷靜思考下一步。有良好的運動習慣代表你是個注重生活品質的人。外商公司更是重視運動的重要性，他們認為能夠維持身體健康的人，必定也能將自己的工作把持好。

2. 為什麼我該錄取你呢？請充滿自信地把自己跟別人的差異性表現出來吧！你也可以說：You shall hire me because I am a goal orientated bilingual individual searching for a job where my strong work ethic and education would be a great asset to your work environment. 你應該僱用我因為我是個目標導向的雙語人才，擁有高標準的職業道德與相關的教育背景，將會是貴公司最有價值的資產。

職場巧巧說

　　面試前除了要先對面試公司的產業與主力產品做瞭解之外，還有幾個小技巧能讓你的面試更加分喔！ Dress appropriately!穿合適的服裝！如果你對於穿衣服這部分沒有自信也沒有關係，根據研究顯示，wear black or tan穿上黑色套裝或是膚色的衣服，會讓人把重心放在個人特質上，相對就比較不會專注在衣服的時尚度(fashion sense)了。

　　友善的態度與笑容，也是很常被忽略的一點！通常面試的時候都太緊張了，和顏悅色的表情也會讓面試官心情變好呢！最後，面試完後請記得發一封感謝信給面試官Send a thank you letter to your interviewer!並且再次告訴他，「我很想要這份工作！」的訊息I strongly feel that I will be able to make a positive contribution to your organization. I appreciate the opportunity to be considered for employment at your company.我有信心可以為貴公司帶來正面的影響，希望您可以考慮錄用我。以這樣積極進取的態度來爭取，主考官絕對會對你印象深刻的！

Unit 03　面試自我介紹
Interview Introduction Skills

 STEP 1 ▶▶ 英文面試自我介紹時，首要掌握 introduce、graduate、volunteer 這三個動詞！

想到英文自我介紹是不是開始腦筋一片空白了？那請繼續看下去，以下幾個步驟可讓你輕鬆架構屬於你的精彩介紹文。先偷偷告訴你，面試官最不樂見冗長的自我介紹，所以不需要準備太長喔！一開始先簡單介紹（introduce）自己的背景（background），例如學歷、任職企業和職銜（job title）。交代好自己目前的現況後，接著就是個人優勢、專長、權責、成果或是人生轉捩點。

如果有過工作經驗，可以主動提起離職的原因，表現得落落大方是個重點，讓主考官感受到你的勇氣與誠信。最後提起自己為何對這個工作有興趣、十年內的計劃與目標，表現出自己對事業的負責與企圖心。

如果是剛畢業（graduate）的新鮮人也不用害怕，可以強調你優良的成績（good grades）或與職務相關的實習經驗（internship）。義工經驗（volunteer）或是另類的人生體驗（experience）也是可以分享的內容，讓主考官更能體會你與眾不同的地方。如果怕怯場的話，就先擬個講稿吧！寫完之後記得先念一遍，五分鐘內結束的講稿就是恰到好處囉！

掌握動詞用法：

　　Introduce 為及物動詞，有介紹、引進的意思，後面要加上受詞才會語意完整喔！通常會在受詞前再加上 "to"，加強介紹給特定的人或特定事物的用法。

■ Introduce 這動詞在自我介紹裡會常被運用喔，例如介紹自己的學經歷、興趣或是特殊才藝，接下來我們就透過動詞的用法介紹來練習一些自我介紹的短句吧！

動詞分析與單句解構

1. 介紹（+to）

　　例 Allow me to introduce myself to you. 請容許我向你自我介紹。

　　解析 在這裡強調的部分是：把我自己介紹給 "你" 這個特定人物。

2. 引薦

　　例 My love for music was when my father introduced me to jazz when I was in junior high school.
　　我對音樂的熱愛來自於我父親在我中學的時候引薦我入爵士樂這個領域。

3. 引進、傳入（+to/into）

　　例 I introduced the volunteer outings into our team to create bonding experiences as well as giving back to the community.
　　我引進了義工活動到我們團隊裡，旨在促進同仁的關係之餘同時也回饋社會。

4. 提出、推行

> 例 ▶ I insist on introducing the principle of Standard Operation Procedure in our department and successfully brought up the efficiency by 50%.
>
> 我堅持在部門裡推行標準作業流程（SOP），成功地將效率提升百分之五十。

　　大多數人在一生當中會有很長一段時間在學校裡度過，每完成一個階段的結束就是graduate，畢業。其實graduate這個動詞的涵義很有趣，它其實是逐漸發展的意思。在學校上課進修後造成人格上的發展與知識上的增進，都是一種逐漸變化的過程，這樣一想graduate這個動詞被當成畢業的來由，是不是也更好聯想了呢？

■ Graduate 是不及物動詞，最常見的用法是畢業、取得學位的意思。

動詞分析與單句解構 ②

1. 畢業，常與 from 共同使用

> 例 1 ▶ I graduate from Boston University with a Psychology degree.
>
> 我從波士頓大學取得心理學學位。

> 例 2 ▶ Mary graduated from Oxford.
>
> 瑪麗畢業於牛津大學。

2. 累積、進化

    例 I graduated from content to goal orientated as the result of this competitive school.

    進入這所充滿競爭的學校後，我從隨性進化到目標導向的人。

3. graduate 被當成名詞的時候是 graduate student 研究所學生或是畢業生的意思。

　　在國外的教育體系上，做義工是從小到大都需要涉略的社會責任。比方說高中時期就會有需要完成的社會學分，雖然不會被打分數，但學生會需要自己到醫院、小學、安養院或是其他社會型的機構申請義工身分，即使你是個拿全 A 的學生，義工時數沒有做滿可是不能 graduate 的喔！可見對社會關懷的這份心，想必在外商公司是會被重視的。

■ 接下來我們來看看 volunteer 可以如何運用在自我介紹當中！

動詞分析與單句解構 ③

1. volunteer (n) 為名詞時是義工、自願做某事……的人的意思；被當成不及物動詞時很常跟 for 這個介系詞一起使用，以強調替某人 for something 而做出某些事的意思。

2. 自願為了……而做義工〔(+for)〕for在這裡強調了後方接受義工服務的對象

> 例 I was volunteering in a hospital for the elderly department when I was in high school every Wednesday.
> 我高中的時候每週三在醫院的長者健康部門當義工。

3. 自願做……〔(+to-verb)〕

> 例 I volunteered to file their office papers and made copies of their class materials.
> 我自願幫他們將文件歸檔，並且幫忙影印他們上課的資料。

4. 自願提供

> 例 I volunteered the meeting minutes because I was the only one who attended it.
> 我自願提供會議紀錄，因為只有我去參加了。

5. 自願當兵〔(+for)〕

> 例 When the war broke out, he volunteered for the Marine Corps.
> 戰爭爆發時，他自願參加了海軍陸戰隊。

STEP 3 ▶▶ 延伸用法 & Show time

　　看完了動詞解析後，我們先來練習自我介紹的講稿，假設你是個學生，在畢業前想找一份咖啡廳店長的工作。先參考一個NG版本，再思考看看你會怎麼改善它！

Hi, my name is Nicole Tate. I graduated from Princeton High School, which is now one of the top 10 high schools in New Jersey.I am a senior at Horizontal College studying to get my degree in both Ecology and Business. I was born and raised in New Jersey and have an older brother. I live in an off-campus apartment with my roommate Sophie and two pets. Every summer I work in different restaurants and cafés. This year I work at Horizontal Café which provides all of the school's produce grown at the campus greenhouse.

This year I received a state grant to start a program called Reducing Food Waste. This program aims to decrease and hopefully eliminate food waste. The students volunteer to go to office in the city and schools, collecting consumable food and giving it to homeless shelters. We also collect non-consumable food and use it to fertilize the campus garden. We raise awareness on the subject through flyers, presentations to public and through the Internet. My goal is to have every business, restaurant, farm, market and grocery store committed this program.

Thank you for allowing me to introduce myself today, and please give me a chance to be part of your café team because I am probably the most enthusiastic person you will ever find. My ability to reduce food waste will also increase your profit, I am ready for this challenge.

　　嗨，我是妮可・泰特，我畢業於紐澤西州排名前10名的普林斯頓高中。我現在是Horizontal學院的大四生，正在攻讀生態與商業管理這兩個學位。我出生和成長於紐澤西州，有一個哥哥。我租了一個校外公寓，和我室友蘇菲和2隻寵物住在一起。每年夏天，我在不同的餐廳和咖啡廳打工，今年我在學校的Horizontal咖啡廳工作，他們的蔬果都採用來自學校溫室種植的農產品。

　　今年我收到紐澤西州的資助，開始了一個名為Reduce Food Waste的計劃，該計劃旨在減少並有望消除食品浪費。學生自願去辦公室和學校收集尚可食用的食物並送到收容所。我們還收集廚餘，用來施肥花園校區。我們透過傳單、演講，還有網路來倡導停止浪費食物的意識。我的理想是讓每一個企業、餐館、農場、市場和雜貨店都加入這個計劃。

　　謝謝你讓我有機會介紹自己，請給我一個機會讓我成為這個團隊的一部分，因為我充滿了熱忱。我可以透過減少食物的浪費，提高公司的利益。我已經準備好要面對這個充滿挑戰的工作了。

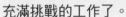

NG! 自我介紹解析

　　如果你覺得自己缺乏工作經驗，可以提出義工、打工或是學校的活動經驗來彌補，最好省略高中的內容。只有在進入大學生活後所發生的經驗，才會被認可成對日後的工作是有幫助的！私生活或日常生活的部分請盡量減少談論，專注在可以表現自己的成功案例上即可，像是室友或是寵物等等的資訊都不必要談論。完整講完一個成功的實例其實就很足夠了，面試的時候也是在考驗你的膽量、看你談吐是否大方，以及思考的邏輯性。記得自我介紹的時候先深呼吸，慢條斯理地介紹自己，事實上這樣穩重的表現已經會讓你過關一半了呢！

　　這個NG版缺乏了對於自己未來的規劃，企業主喜歡看到一個對自己未來五年到十年都有計畫與願景的人，有著認真負責的人生態度。通常人資部的人會針對你的自我介紹內容多作了解，因此記得要準備好回答工作與義工經驗等的相關問題喔！

GOOD! 自我介紹

Good Morning Sir/Madam,

It's my pleasure to introduce myself to you. My name is Nicole Tate. I am a senior at Horizontal College studying to get my degree in both Ecology and Business. I was born and raised in New Jersey and have an older brother. This year I work at Horizontal Café which provides all of the school's produce grown at the campus greenhouse.

This year I received a state grant to start a program called Reducing Food Waste. This program aims to decrease and hopefully eliminate food waste. Everyone in the program volunteer to go to cafeterias and diners to pick up consumable food and deliver them to institutes that are in need of the resource. We also collect inedible food and use them for fertilizing plantations. We obtain public attention by public speaking, holding events and social medias, and my goal is to have all the commercial space in the city to participate in this program.

Thank you for giving me this opportunity today. I am confident that I can be one of your best employees due to my positive thinking and ability in making a difference. I enjoy challenges and won't quit until I achieve my goal. Also, my experience in reducing food waste will not only benefit your company image, but also increase your profit, and attract more customers with environmental awareness.

早安先生／女士，

很高興有機會能向您自我介紹。我是妮可·泰特，現在是 Horizontal 學院的大四生，正在攻讀生態與商業管理這兩個學位。我出生和成長於紐澤西州，有一個哥哥。今年我在學校的 Horizontal 咖啡廳工作，而他們的蔬果都採用來自學校溫室種植的農產品。

今年我收到紐澤西州的資助，開始了一個名為 Reduce Food Waste 的計劃。該計劃旨在減少並盼消除食品浪費。義工自行發起到食堂和餐館蒐集還可以食用的食物，並分配給有需求的機構。我們也回收不能食用的廚餘回來製作種植蔬果的肥料。我們透過演講、舉辦活動和社群網站來宣傳我們的理念。我們已經成功地讓 150 個業主參加我們的計劃，而我的目標是在希望這個城市所有的商業空間都能夠參與我們的計劃。

謝謝你今天給我這個機會。因為我積極進取的思維與影響力，我相信我能成為你最好的員工之一。我喜歡挑戰，不達到目標決不放棄。我能夠有效減少食物浪費，這不僅有利於您的企業形象，同時也增加你的利潤，並且能夠吸引更多擁有環保意識的客戶。

GOOD! 自我介紹解析

　　提出具體專案成果以及對未來的企圖心，都是代表你是個有規劃才能與執行力的人才！其他需要注意的地方還有：

1. 關心社會的現象，並且能夠做出改變來影響更多人，想必對於日後工作的績效也會如此效力。

2. 在總結的時候，可以將具備的經驗或能力如何得以運用在求職工作當中，以舉例的方式提出對企業主有利的部分，絕對會讓面試官覺得不找你來實在可惜啊！

3. 再次提醒自己的私人生活請避免太多著墨，這樣容易給人不專業的印象。另外在舉例講解自己的歷練的時候，要盡量將成果數字化或是提出有明顯改變的地方，這樣才能在眾多求職者中脫穎而出。

職場巧巧說

　　自我介紹首先重視的就是簡潔有力，因此國外甚至用 "elevator speech" 來形容自我介紹。意思就是說，最好能將自我介紹的時間控制在電梯到達樓層這樣簡短的時間內最好。如果你的自我介紹恰到好處，營造良好的印象只需要幾分鐘。以下給大家一些關於自我介紹的貼心叮嚀喔！

1. 多準備幾個自我介紹的版本

你永遠不知道何時會遇上商機、遇上怎樣的對象，事先預備讓你免於措手不及！

2. 針對觀眾，調整聚焦

你的工作範圍涵蓋了很多面向，因此你要選擇凸顯你業務的某一方面，特別的有關於對方的利益，你的自我介紹才能達到他/她的心坎裡。

3. 相信你自己

自我介紹不需要天花亂墜，也不要有藉口、猶豫，只需要顯現出你的優勢，你就能顯得有說服力與重視誠信。

4. Be Happy!

我們都希望過得快樂！留意你說話的方式與情緒透露的是什麼？如果你樂於你的工作、為你的工作感到驕傲，那麼人們將被你吸引，希望與你合作。

面試提問
Raising Questions in Interviews

STEP 1 ▶▶ 英文面試除了自我介紹，有時還會需要提問，這時先要掌握 assume、evaluate、describe 這三個動詞

　　您對面試的印象可能免不了是面試官對求職者問問題，求職者戰戰兢兢的回答吧？其實學會問對問題，也會讓面試通過的機率大幅提升喔！大部分的面試主管在面試完後會留一點時間給面試者問問題，但大部分的求職者會說：目前沒有問題！所以你千萬要說YES，把握這個機會多了解這個公司啊！

　　那麼哪些問題會讓你出類拔萃呢？請先注意您的對象，並投其所好吧！如果對象是人資主管，你可以問他：How would you describe the work environment and corporate culture?人資主管也許對你實際的工作內容不了解，但對於公司的發展沿革與部門的架構，絕對是瞭若指掌。

　　如果是部門的直屬主管，你可以詢問：How would my performances be evaluate evaluated?你就可以事先了解，在這個部門工作，你的主管會期待怎麼樣的表現。你也可以問Assume I was offered the job, how soon do you want me to start?假設我被錄取了，你最快希望我什麼時候開始上班呢？這是一個讓主管把錄取你的念頭，放進腦袋裡的最快方式，也許他對你印象不錯，馬上錄用都是有可能的喔！

　　如何洞悉反問問題的技巧，讓我們先透過assume、evaluate和describe這3個動詞的了解來進行吧！

PART 1 人際溝通——破冰篇

 ▶▶ 掌握動詞用法：

在面試當中的問題回答，會有許多假設狀況，藉以了解對方的反應與做法。如果有機會問主考官一些公司方面的問題，例如公司的營運方針或是公司文化面對面的時候，除了仔細聽實際的答案，還可以順便觀察面試官的語氣跟表情，這也許可以幫助氣更加瞭解這公司，以趁早衡量自己是否適合這樣的環境。

■ 假設問句通常離不開 assume 這個動詞，assume 被當成及物動詞時，有假定、以為的意思。以下的例句可以讓你了解 assume 的多種用法。

動詞分析與單句解構 ①

1. 以為

例1 You may assume that I am fluent in English due to my years of study in England; what you don't know is that I am also a Japanese speaker.

你可能會以為我過去在英國求學多年，因此可以說一口流利的英文，但你有所不知的是我也會說日語。

例2 Assume you are overwhelmed with work and family issues, are you willing to take on more tasks?

假設你已經被工作和家庭狀況壓得喘不過氣，你還會願意接受更多的任務嗎？

2. 承擔、獲得

例 When my coworker left her job, I assumed her responsibilities and still maintained my high sales record.
當我的同事離職了，我不但承擔了她所留下來的工作，而且還是維持我的優良業績。

3. 假裝

例 I assumed calm and still managed to finish the new product introduction during the presentation when the PowerPoint system went down.
當 PowerPoint 系統失靈，我故作鎮定地把新品介紹做完了。

4. 呈現

例 Her interview assumed confidence and clarity.
她在面試過程中顯得自信與思路清楚。

在面試過程當中，我們常需要透過生動的言語描述過去的求學經歷與工作經驗，當然我們也可以學著要求對方敘述工作方面的狀況、升遷管道或是日後績效能被肯定的方式，因此 describe 這個動詞在面試的過程當中也不會陌生。

■ Describe 可以被當成及物動詞，基本上是敘述、形容的意思。

動詞分析與單句解構 ②

1. 敘述

   例▶ Please kindly describe a typical working day for you.
   請敘述一下你日常的工作情形。

2. describe（as）形容

   例1▶ I would describe myself as a perfectionist.
   我會形容我自己是個完美主義者。

   例2▶ How would your friends describe you?
   你覺得你的朋友會怎麼形容你這個人？

3. 描繪

   例▶ My photographs describe the cities and countries that I have travelled to.
   我的攝影描繪了我曾經旅行過的城市與國家。

　　我們曾經提到過要量化我們的經驗值，讓主考官可以理解我們的貢獻。量化的方式可以透過業績數字、業績成長百分比、獎項、展覽成果與作品集等，讓企業更能 evaluate 我們的能力在哪裡、該被放在怎樣的位置最能達到企業的最大利益。

■ Evaluate 被當成及物動詞的時候是評價、評估的意思。讓我們來看看如何將這個動詞運用在量化經驗上吧！

動詞分析與單句解構 **③**

1. 測量;計量

   例 We evaluate the popularity of our brand by sales revenue and likes on our fan page.
   我們透過粉絲團的按讚數與銷售業績來計量品牌的接受度。

2. 評論

   例 I don't evaluate people by their looks or clothes.
   我不會以貌取人。

3. 評價

   例 Staying in a job for more than 5 years is evaluated as dependable.
   在同一份工作服務超過五年會被視為忠誠度很高。

4. 權衡

   例1 How do you evaluate success? 你怎麼看待成功這件事?

   例2 I evaluate my interview performances by checking how long the interview went, if I had answered the questions positively and writing to the interviewer.
   我透過面試的時間、是否正向回答問題,以及寫信給面試官這三個方式來衡量我面試的成績。

STEP 3 ▶▶ 延伸用法 & Show time

看完了動詞解析後，開始進階到對話應答囉！將動詞透過對話的模式，再更加充分理解動詞在句子當中所扮演的角色，慢慢地就能學會活用文法。現在來模擬食品業業務經理一職的面試與對話，我們先來看個NG版，再思考看看有沒有更好的說法吧！

NG! 對話

A: Do you have any questions for me?

B: Yes, what is your strongest product? Could you kindly describe it?

A: I would say ready to eat health food for woman and children.

B: I see, assume I am hired, will I need to work on weekends? Would total weekly hours I work be evaluated?

A：你有什麼問題想問我嗎？

B：有的，請問貴公司最暢銷的商品是？您可以大概形容一下嗎？

A：我會說是婦女與小孩的即食健康食品。

B：了解，假設我被錄取了，會需要週末上班嗎？
我每週工的時數會列入考績嗎？

NG! 對話解析 ▶

　　Do you have any questions for me? 當主考官問你有沒有問題想問的時候，請記得這是你多一個可以表現的機會。問對問題可以表現出你對這個工作深感興趣，積極想加入這個團隊的感覺。

1. What is your strongest product? 或 what does your company do? 這類可以事前查詢好的資料，請避免在主考官面前詢問。面試公司的主力商品、公司的企業理念、主要競爭對手以及市場概況都是在面試前需要知道基本資料！

2. ready to＋原形動詞，是馬上、已經準備好的狀態

　　解析1 ready to drink 即飲；市面上各種包裝的加工飲料，可以打開來馬上喝的都可以稱為 ready to drink beverage 即飲飲料。

　　解析2 ready to go 可以馬上啟程。問加班或是薪水的問題，建議都等到確定錄取，或是複試的時候再詢問比較好。避免讓人感覺你只在乎個人權益或是無法與團隊同進同出的錯覺。在最後一次衝刺的機會上，請記得再次連結自己可以發揮在這份工作上的專才，再次強調你是最適合這個工作的人。

GOOD! 對話

A: How could I impress you in my first three months, as in what are the criteria that will be evaluated?

B: I would like to see a steady increase in your sales records, and I would expect you to be very familiar with all the product information and the channels.

A: I see. I am very confident as I have years of experience in food industry and I can't describe how excited I am to start working for you. Also, what's the working environment like?

B: Well, it's a group of 10 people, with average working experiences of 3 to 5 years. I would say the office is energetic and competitive.

A：我想知道前三個月我可以怎樣讓您肯定我，我的意思是說，會有哪些要件會列入評估呢？

B：我會希望看到業績穩定的成長，還有對產品和通路充分了解。

A：了解，因為我在食品產業待過很多年，我很有信心。我沒辦法形容我有多期待進入貴公司工作。另外，我想知道工作環境的概況。

B：這個團隊有十個人，大部分人的工作經驗介於三到五年之間，我會說工作的氣氛活絡又競爭。

GOOD! 對話解析

　　感受到了嗎？問對問題，可以讓你很快知道，主管對你的期待與未來公司的特質，這樣也可以檢視自己是否適合這個工作。這樣慎重的職場態度、善於提前思考未來的事情，對於面試主管來說，絕對是很優秀的條件。

---

1. criteria是條件或準則的意思，跟evaluate搭配使用，有種對應著每個條件衡量、打分數的感覺。

   解析　criteria在這個狀況下代表的可以是：業績、儀態、危機處理能力、專業知識、人脈、團隊向心力與語言能力等工作能力。需要注意的是criteria是不規則複數！單數形criterion名詞指條件或準則；複數形為criteria，所以criterias or criterions都是錯誤的喔！

2. I am very confident as I have years of experience in food industry and I can't describe how excited I am to start working for you.

   解析　先再次提醒對方你對這個領域非常拿手，連結你的過去經歷可以在新工作發光發亮，再顯現出如果加入這團隊也與有榮焉的感覺。

3. Also, what's the working environment like?

   解析　再度詢問與工作相關的內容，表現出你真的很有興趣，也可以藉此更加深雙方的瞭解。

職場巧巧說

反問面試官問題，是不是沒有想像中困難了呢？我們再來補充一些可以提升好印象的好問題吧！ You may also ask:

1. What challenge could I face in the first three months?

「在最初的三個月，我有可能會面臨到什麼挑戰？」→讓對方知道你很期待進入公司上班，也讓對方想像你進入公司的狀況！

2. Is there anything you would like to improve in your department and how could I help?

「目前這個部門有沒有你想要改善的地方，如果有我可以怎麼樣幫忙呢？」→積極的表現出：我可以帶給公司正面的改變！

3. What kind of career opportunity may open up for me down the road as someone in this particular job spot?

「以這個工作的內容，未來有什麼樣的升遷管道呢？」→對於未來有發展的規劃與願景，表達想深入理解的興趣，代表你有意願在這裡長期耕耘。

4. What's your favorite office tradition?

「你最喜歡的公司文化是什麼呢？」→適時的提起一些輕鬆的問題，但切記是要與公司有關喔！幸運的話，還可能遇上主考官喜歡的話題，這樣他對你的印象跟好感度就會增加！

Unit 05　CV 撰寫技巧
Curriculum vitae Writing Skills

STEP 1 ▶▶ 履歷表是掌握面試與否的第一關，而首要準確使用這三個動詞 stand out、fit、discuss 準沒錯。

亮麗出色的履歷表能讓你在眾多競爭者中脫穎而出。英文版的履歷表上需要有一張 Cover letter，也就是你履歷表的最佳開場白。大部分的企業是不接受沒有 cover letter 的履歷喔！好的 cover letter 為什麼受歡迎呢？人力資源部（human resource 簡稱 HR）可能每天需要看上百封履歷表，如果你的 cover letter 寫得簡潔有力（right to the point），A good cover letter tells HR whether you fit for the job or not. 一份好的 cover letter 可以讓人資馬上得知你和這份工作是否合適。好的 cover letter 應該要說明為什麼你想要這份工作、自我介紹、精簡的工作經歷、值得被錄取的原因、聯絡方式，最後再附上感謝之意與聯絡方式。針對你面試的產業，再做不同的變化，比方說如果是面試設計師職位，你就可利用 cover letter 展現你的美學概念與巧思。基本上你得用 cover letter 表明你的個人特質，履歷表只是用文字再詳細介紹你的學經歷而已。

當你發出 cover letter 與 resume（CV）卻沒有回音的時候，請不要氣餒。你可以主動發信或撥電話給人資部。你可以表達：I have excellent references and would be delighted to discuss any possible vacancy with you at your convenience.「我有豐富的資歷，如果能有機會跟您討論貴公司的職缺是我莫大的榮幸。」。積極進取的求職態度，會讓你大大地提升面試機會的。

說完了 cover letter 的重要性，CV 要怎樣寫才吸睛呢？請記得幾個大原則。

✧ Quantify your impact.
成果數字化

✧ Stand out with unique interests.
用獨特的興趣吸引企業主

✧ Associate yourself with well-known brand.
讓自己和大品牌產生連結

✧ Discuss certain keywords repeatedly.
重複討論某些關鍵字

✧ Fill in relevant work/intern experiences in your resume.
將過去與這個職務相關的經驗填寫在履歷上

請檢視自己的 CV 是否至少符合 3 個以上的吸睛原則呢？也切記履歷不能冗長，重點式地把自己的優點寫出來，再附上富有創意的 cover letter，勇敢地把履歷寄給自己心儀的公司吧。相信面試機會就指日可待了。

現在我們來看看 stand out、fit 與 discuss 這 3 個動詞能夠如何發揮在履歷上吧！

STEP 2 ▶▶ 掌握動詞用法：

■ Stand out這個動詞片語有顯著、退出或堅持的意思。詳細的用法如下：

動詞分析與單句解構

1. 顯著、突出；退出；堅持

例1 Her well written CV makes her stand out from the competitors.她履歷寫的非常好，因此在眾多競爭者中脫穎而出。

解析 將過去的成果數字化，會讓成功的經驗有可以衡量的依據，方便主考官理解「好」的經驗。How to quantify the results? Here is how: I managed a marketing event for 300 members with only 1,000 dollar, which stood out successfully and brought the team back together.我只用了一千元預算就辦好了三百名會員參與的行銷活動，活動不但成功也順道提升團隊的士氣。

　　由於面試者眾多，請學會用獨特的興趣來吸引主考官，比方說極限運動、中東料理或是法語學習等等。有時候企業希望員工是很多元化的，如果您的個人特質很stand out，這也會是履歷的亮點之一喔！

例2 Her interest in cup cake decorating allows her to stand out and earns her the chance to be interviewed by the marketing department of a cookie company.她因為喜歡杯子蛋糕裝飾而顯得與眾不同，因而贏得了餅乾公司行銷部的面試機會。

例3 There are 5 job openings for 6 people; Someone will have to stand out.

有6個人爭取5個工作機會，有人勢必需要退出。

例4 Some artists stood out for years before their career takes off.

有些藝術家堅持了很多年事業才開始有進展。

動詞分析與單句解構 ②

1. fit 有相稱、一致或是勝任的涵義

例1 The job description fits me perfectly.

這工作內容簡直是為了我量身打造。

例2 Pyramid fits his action to the word at all times.

沛銳明總是言行一致。

解析 如果在求學或是過去的工作過程中，曾經待過大家耳熟能詳的好學校、大型企業或是優良品牌公司，請不要吝嗇地在履歷上寫出來喔！這絕對是提高面試機率的好辦法。例：Cathy went to a management training in Boston University that fits her for the job. 凱西參加了波士頓大學舉辦的企業管理訓練，讓她能勝任這份工作。

2. fit 也常被用來當成形容詞使用

例1 Years of marathon training make him look fit.

多年的馬拉松訓練讓他看起來體態健康。

例2 He is not fit for a talent scout. 他不適合當星探。

之前提到過的在CV上「重複討論某些關鍵字」，現在來跟大家解釋一下。比方說你今天面試的是海外業務的職位，你就應該盡量在你的CV上突顯出你對於業務一職毫不陌生。比方說若你曾有過實習或是過去的工作經驗，你就應該盡可能地從這些經驗中具體提出與「業務」相關的經歷。

■ Discuss為討論的意思，來看看以下的各種用法：

動詞分析與單句解構 ③

1. discuss sth. with sb. 與（人）討論（某事）

例1 As I have discussed before, the internship in Sales Department of Microstar International Co., gave me the essential knowledge of being a great sales person.
像我之前提到過的，在微星科技業務部的實習經驗，讓我學會優秀的業務員該必備的專業知識。

解析 有發現到嗎？這個例句用了吸睛原則的最後3項喔！首先提到「業務部」這個關鍵字、再來是「微星科技」這個大公司，最後再補強業務相關的專業知識，會讓我勝任日後的業務工作。

例2 I am calling to discuss the job vacancy I saw on your website.

我撥電話過來是想跟您討論貴公司網站上公布的職缺。

例3 I am writing this e-mail to thank you for the interview yesterday, and I would love to discuss my resume with you if there are any other questions.

我寫信過來是想謝謝您昨天的面試機會,如果您還有其他相關的問題,我會很樂意再跟您討論我的履歷。

2. 闡述

例 The lecture discusses the importance of first impression.

這堂課闡述第一印象的重要性。

STEP 3 ▶▶ 延伸用法 & Show Time

　　看完了動詞解析後,開始進階到對話應答囉!將動詞透過對話的模式,再更加充分理解動詞在句子當中所扮演的角色,慢慢地就能學會活用文法。現在我們假設今天要面試的職位是業務經理,讓我們來一起撰寫cover letter,再思考看看有沒有更好的寫法吧!

NG! CV寫法

Dear Sir or Madam,

Please find my resume as attached regarding to your job opening position in sales manager. It is time for me to switch jobs! My capabilities that stand out: writing the perfect advertisement, app programming and working on intense deadlines to fit job requirements. I have many years of experience in sales department, which I didn't always enjoy. I am still looking forward to moving into another industry and discussing my options with you. Although I am not familiar with your industry yet, I will make it up with my dedication. I will be very grateful to have an interview with you.

先生／女士您好：

我對於貴公司業務經理一職很感興趣，請詳見我附上的履歷表。我換工作的時機到了！我最值得驕傲的專長包括：撰寫吸引人的廣告稿、寫app程式並且能有效率地完成交辦工作。我有數年的業務經驗，但總無法在工作中自得其樂，因此我很期待能夠跟您談談工作內容，讓我能換個產業，重新開始。雖然我對貴公司的產業還不熟悉，我會用心去補強。我會很感激您給我一個面試的機會。

NG! CV寫法解析

　　Cover letter 等於是一本書的封面，你的書名或是版面呈現是否能一針見血，並且吸引人進去看內文呢？你得透徹地理解工作的職掌內容，並將你符合這份工作的能力發揮出來，企業主才會覺得感受到你的誠意，你的履歷也才有機會被讀取。

1. Dear Sir or Madam

   解析 看起來禮貌，其實不然。記住要用對方姓氏來稱呼，否則會讓人覺得你對於要去面試的公司完全不了解狀況。

2. It is time for me to switch jobs!

   解析 請記住面試官不是你的朋友，即使對於上一份工作有怨言，也不能表現出迫不及待想離開上一份工作的感覺。如果要找一份業務方面的工作，在介紹自己的專長與經歷（capabilities）的時候，請列舉出有相關性的，才能為自己在身為業務員的身分上加分喔！

3. I have many years of experience in sales department, which I didn't always enjoy.

   解析 文中最後提到「曾經有數年業務經驗，但總無法在工作中自得其樂……」，雖然終於提到與業務有關的工作經驗，卻是負面的內容，而且缺乏具體的例子。沒有業績數字或是實績的經歷，對於面試官來說採信度很低。如果事實情況的確是負面的，請省略吧，改變成期待以多年經驗去效力不同產業這種角度，會比較好喔！

GOOD! CV寫法

Dear Mr. King,

I am writing to apply for the position of Sales Manager, which was advertised on your website on April 15th. Advanced sales skills are essential for this fast growing market and I pride myself as a very effective salesperson, which would fit perfect for the job.

I have enclosed my CV to support my application. It proves that I will bring important skills to this management position, including:

✓ Experience: I have 5 years of retail experience in competitive fashion industry. I manage a team of 25 people and love to share my professional knowledge with my team members and our customers.

✓ Result: I have top sales records and the sales revenue steadily increased at least 50% each year.

✓ Performance: I have won best store manager 2 years in a row in my last company.

I stand out for the job because in addition to my extensive retail experiences, I understand customer needs and I am confident with my communication skills. I would love to expand my professional horizons in the field of pharmaceutical sales like your company. I would be pleased to discuss your requirements and my ability to meet them. Thank you for your time and consideration.

金先生您好，

我今天寫信過來是想應徵四月十五號您網站上刊登的業務經理一職。專業的業務能力在現今快速成長的市場是不可或缺的！我很驕傲地說，我是一個具有實力的業務高手，正是您需要的人才。我附上了我的履歷來證明我可以為這個管理工作帶來更多專業技能，其中包括：

✓ 經驗：我在競爭的時尚產業有過五年的銷售經驗，我曾經管理過二十五人的團隊，我熱愛將我的專業知識與我的夥伴與客戶分享。

✓ 績效：我有優秀的業績，並且每年都在銷貨收入上穩定成長百分之五十以上。

✓ 工作表現：在上一家公司我連續兩年得到最佳店長獎。

我是個突出的求職者，原因除了我在銷售方面豐富的經驗，再加上我了解顧客的需求，我對於我的溝通能力也很有自信。希望我的專業能在像貴公司這樣的藥品銷售領域中發展。我會很樂意跟您討論如何以我的專長去符合您工作方面的要求。

感謝您寶貴的時間與體諒。

GOOD! CV 寫法解析

　　一份好的 cover letter 不需要花言巧語，重點是要有條理地將你為何適合這份工作的原因列舉出來。謙和地表達對於這份工作的熱誠與展望，通常你的履歷就能夠被列入考慮。求職的過程需要經過層層關卡，因此第一關的 cover letter 是不能馬虎的步驟，接下來我們來看看好的 cover letter 具備了哪些要件吧！

1. 開頭要正確地寫出對方的屬名，避免寫出 "To whom it may concerns or sir/madam"，這種只是 "相關人員" 的寫法，而是要用：黃小姐（Ms.Huang），才會讓對方感受到尊重。再來清楚寫出你想要應徵的職位，因為人事部負責的是整個公司的招募，如果連這個都沒有清楚表達的話，非常有可能第一關就被刷下來了。

2. 第二段一開始就講明了自身的優勢，而且是提供業務相關的內容，精簡、具體的講述自己過去與業務方面相關經歷。另外並表示進入該公司後未來會有的展望：I would like to expand my horizon in a company like yours. 就是一個很好的例句，可替自己的 CV 增色不少！

3. 文章最後一定要表達出對這個公司有強烈的興趣，之前也都讓面試官清楚的知道你的強項，能夠讓你馬上投入新的工作狀態。像這樣的範例就是非常具有水準的 cover letter 囉！

職場巧巧說

Cover letter是履歷表的門面，它的重要性不容忽略，這裡提供了一份cover letter check list，快來檢查你是否都寫齊全了吧！

☐ 你的地址與電話

☐ Email Address

☐ 日期

☐ 說明你要求職的職位

☐ 得知這份工作的方式（求職網站？透過介紹？……等）

☐ 闡述求職理由

☐ Background學經歷背景介紹

☐ 秀出與求職條件有關的個人特質與優勢

☐ 簡潔有力的說服人資部讀取你的履歷

☐ 禮貌地提出會在兩周內詢問狀況

☐ 使用簡潔清晰的字型，例如：Times New Roman或是 Arial

☐ 完成內文最後請換行寫上 "Sincerely,"（親筆簽名）

（當然如果今天是採用e-mail而不是紙本，則可以省略親筆簽名，改用打字代替即可。）

☐ 最後附上你的履歷就完成囉！

Unit 06　履歷撰寫 Resume Writing

 ▶▶ Cover letter 的重要性，就像一個人的門面，而履歷就像一個人的內涵。本單元首要掌握 brand、draw、reverse 這三個動詞

通常招聘者在打開一份履歷表時，只會用5秒的時間判定這個人是否合乎標準，所以履歷表得針對職務內容量身訂做，才會讓招募者願意留下你的履歷。非常清楚自己想要的工作內容與職務，是一個求職者的基礎門檻，但大部份求職者，都會在職責定位的地方感到困惑，因而無法寫出讓招募者一目瞭然的履歷。其實這個問題可以透過求職網站或是求職者的論壇來得到協助喔！很多求職網站對於每個工作職位都有工作內容說明與工作經驗分享。多去涉略這些訊息就會對職務內容更加地瞭解，就越能寫出正中紅心的履歷表。多去瞭解你心所屬的工作，多去看看其他人分享的甘苦談，也會幫助你在面試的時候更有心理準備而侃侃而談。

究竟哪些特點能打造出好的履歷呢？第一個一定是 branding，懂得經營自己的人，可以讓自己的優勢錦上添花，整個人的形象鮮明，面試官也會對你更有印象。另外，避免撰寫過多的內容與解釋，因為 "white space draws attention." 適時的留白，會比滿篇都是字的履歷表看起來舒服很多，也代表你的統整能力很好，能用簡短的字數講出所有重點。

最後記得採用 "reverse chronological order"，先寫最近期的工作經驗，發生的時間越早就寫在越後面，可以讓招募者在最短的時間內得到你最近期的動態。那接下來我們先來看看這三個動詞用法吧！

掌握動詞用法：

Marketing與Branding的概念在於徹底瞭解你的對象，讓產品或服務完全滿足對方的需求，精準地創造影響力與價值，不需要大力地推銷也能夠熱賣。經常性地開發對應市場需求的產品，你的品牌競爭力就能保持最佳狀態。其實經營自己的履歷也是相同的概念，你要清楚地知道招募者想要的對象，盡量地把自己符合那個職位的優勢表現出來，讓招募者透過你的履歷就能輕鬆地找到最佳配對。

■ Brand當成名詞來看就是商標的意思，因此brand這個動詞就是列印商標或烙印的意思。

動詞分析與單句解構 ①

1. 列印商標

   例▶ All the marketing materials were branded with our logo.
   所有的行銷物品都印上了我們的商標。

2. 銘記；烙印

   例▶ The horrible experience of driving through a storm had branded on my memory.
   在暴風雨中開車的恐怖經驗烙印在我的腦海裡。

3. 將污名加在……（＋as）

   例▶ The medias reports have branded him as a fraud.
   媒體報導的渲染將他汙名化為騙子。

4. 在這邊補充 brand 的名詞用法，來表示某人特有的風格或舉止，常用的介系詞是 of

例 Her own brand of personality and humor has allowed her to appear on a sitcom.

她自成一格的人格特質與幽默感讓他得到情境喜劇的演出機會。

Draw 最普遍的用法是繪畫、描繪或描寫的意思，但它其實還有很多不同用法喔！除了最基本畫圖的含意、它也常被人用來形容力量或是情感上的牽引、或是吸引的意思。

■ 不妨多研究 draw 這個單字，可以讓你自我介紹的更生動！

動詞分析與單句解構 ②

1. 繪畫

例 This painting is very well drawn. 這幅圖畫得非常好。

2. 提取

例 She is drawing money from her account to pay rent.

她正在提領存款以付這個月的房租。

3. 吸引

例 1 His talent has drawn attention among art schools.

他的才華吸引眾多藝術學院的關注。

例2 Pets have the power of drawing people together.
寵物有股神奇的力量可以拉近人之間的距離。

4. 牽引、拖拉

例 The vegetables grown by the farmer were drawn to the market by horses every morning.
農夫栽種的新鮮蔬菜每天早上都是用馬車送到市場。

5. 推斷、做出

例 We drew the conclusion based on the result of our experiments.
我們根據實驗的結果做出了結論。

6. 抽選、抽籤

例 The contestant numbers were draw out by the judges.
比賽選手的號碼由評審抽籤決定。

7. 拔出

例 He drew a knife from his pocket due to the noise in the woods.
因為聽到叢林裡有怪聲,他從口袋裡拔出一把刀防身。

一般編排時程的順序，會從最早發生的事情先交代，但履歷上的工作經驗卻是要反向思考！越靠近現在的經歷，會是你最熟悉、最貼近你現狀的，也最能評估你工作能力方式之一。

■ Reverse這個動詞通常是在形容次序的顛倒反轉或是順序互換的意思。在履歷的運用上你得記住要reverse你平日的想法，要將你的歷史順序反轉才行喔！

動詞分析與單句解構 ③

1. 顛倒反轉、順序互換

例1 The bus came from the reverse direction.
巴士從反方向行駛過來了。

例2 The jacket can be reversed for a different style.
這件外套反穿後就是另外一個款式。

例3 I reversed the car into the garage. 我倒車停進車庫。

2. 撤銷、推翻

例 The court reserved its decision. 法庭撤銷了原先的判決

STEP ③ ▶▶ 延伸用法 & Show time

現在假設現在我們要應徵一個市場分析員的職位，讓我們一起來試寫一份履歷吧！

NG! 履歷

Rachel Brooks
216 Fuller Street, #4, 2F
Brookline, MA0214
Phone:214-333-4891

Education

Bachelor of Arts and Science, Black University, 2007
Master of Business Administration, Boston College, 2009

Work Experience

- Data Scientist, Global Vision Co., Ltd. May 2009- Jan 2011.
  - Research and identified markets for branded merchandise using Internet database
  - Collaborate with team members of market intelligence team to develop presentations on analysis for management team
- Market Intelligence Analyst, Sunrise healthcare Co., Ltd. April 2011-present.
  - Market research and analysis to assess overall impact of business opportunities
  - Update press lists in reverse chronological order and evaluate impact of press release
  - Draw attention to budget management through monthly expense report

Skills

  - ✓ Experienced with database software
  - ✓ Fluent in Spanish and Italian

Rachel Brooks（姓名：名字先姓氏後）
216 Fuller Street, #4, 2F（地址：門牌號碼、樓層）
Brookline, MA0214（城市、區域號碼）
Phone:214-333-4891（聯絡電話）

教育背景
Black University文理學士2007
Boston College商學院碩士2009

工作經驗
■ 數據學家／Global Vision有限公司／任期2009年5月~ 2011年1月

　➤使用網路數據庫研究，並確任品牌商品未來的發展市場
　➤與市場情報小組團隊成員合作展示分析結果，提供管理團隊做決策使用

■ 市場分析師／日出醫療保健有限公司／自2011年4月到至今

　➤市場調查與分析，評估商業機會的總體影響
　➤反轉時間順序更新媒體聯繫列表，評估新聞稿之影響力
　➤通過每月開支報告，提醒預算管理

技能
　✓各種資料庫軟體操作
　✓流利的西班牙語和意大利語

NG! 履歷解析

1. 一開始寫履歷我們會先從自己的名字與聯絡方式作為開頭，如果你有設計成特殊版本，這些基本資料只要顯眼明瞭即可。如果是一般的 Word 檔形式，通常靠左上或是置中的位置是恰當的。目前網路世界發達，大多數人都是用 E-mail，甚至是自己的部落格網站，作為日常訊息的聯絡。所以請記得補上自己的 E-mail 或是網站，方便招募者瞭解你。

2. 之前提到過履歷的時間需要從最近發生的開始寫，越久前發生的要放越後面，因此如果有過幾年工作經驗，理論上教育背景的年代會較久遠，所以這部份最好放在工作經驗之後。

3. 最後，請記得要適時的留白，不要長篇大論的履歷表，內容簡潔，又言之有物，版面才會吸引求職者注意喔！

GOOD! 履歷

Cathy Brooks

E: cathybrooks@e-mail.com · M:214-333-4891 · 206 fuller street, #4, 2F, Brookline, MA0214 Blog:catisworkshop.com

Market Research, Analysis & Reporting

Market Analyst who undertakes complex work tasks, meets tight deadlines and delivers outstanding performances. Sufficient knowledge on market research, risk management and market reports, operate and thrives in a fast-paced setting. Fluent in Spanish and Italian. Core competences include: Market Analysis Report, Project Management, Client Relations, Strategic Planning, Statistical Analysis and Corporate Risk Management.

Professional Experience

Sunrise healthcare Co., Ltd. · New York, NY · April 2011-present
Sunrise healthcare was founded in 1975. Sunrise is committed to providing individuals, employers, health care professionals, producers and others with innovative benefits, products and services.

Market Intelligence Analyst

➢ Market research and analysis to assess overall impact of business opportunities, contributing to a 30% increase in company market value in the past 3 years.

- Update press lists in reverse chronological order and provide support to top level media executives
- Draw attention to budget management through monthly expense report

Global Vision Co., Ltd. · Boston, MA · May 2009- Jan 2011
Global Vision provides access to information on United States, Canadian and Australian industries. The company also produced Global Industry Reports covering world industry analysis, including risk rating reports, industry profiles, information on publicly traded US companies as well as economic & demographic profiles. This year the company has reached 1000 people on staff.

Data Scientist
- Industry research and monthly risk rating reports
- Recognized for strong leadership and mastery of market analysis strategies through competitive promotion and branded merchandise

EDUCATION

Master of Business Administration, Boston College, 2009
Bachelor of Arts and Science, Black University, 2007

TECHNICAL SKILLS

Proficient in Microsoft Office Suite: advanced Excel · Word · Power Point · Outlook · Database Software · Spanish · Italian

市場調查、分析和報告

專業市場分析師，可在緊迫的時間下勝任複雜的工作任務，並提供出色的表現。擁有豐富的市場研究、風險管理與產業報告的相關知識，並能適應節奏快速的工作環境。流利的西班牙語和意大利語。核心競爭力包括：市場分析報告、專案管理、客戶關係、戰略規劃、統計分析和企業風險管理。

工作經驗（由最後一個工作先寫）

日出醫療保健有限公司‧紐約、紐約市‧自2011年4月到至今
日出醫療公司成立於1975年，致力於為個人，雇主，醫護人員，生產者等對象，提供創新的產品與服務。（提供公司的簡介也是個良好履歷的必備條件，讓面試者能快速地理解你過去任職的工作行業與內容，如果與求職的工作相關性高，更是不能放棄這個好好表現的機會喔！）

市場分析師
➢ 市場調查與分析，評估商業機會的總體影響，成功將過去三年的市場價值提高了百分之三十。（具體寫出成果，將結果數字化更容易了解。）
➢ 反轉時間順序更新媒體聯繫表，並且提供高階媒體單位執行任務。
➢ 通過每月開支報告，提醒預算管理。

Global Vision有限公司‧波士頓‧麻省‧任期2009年5月～2011年1月
全球視野提供美國、加拿大和澳大利亞等國家的產業訊息。該公司還生產全球行業報告，涵蓋了風險評級報告、產業背景、在美國的上市公司，以及經濟與人口特性等內容。今年已達到1000名員工。

數據學家

➢ 市場調查與每月的產業風險評估報告。

➢ 強而有力的領導能力與對市場分析策略的掌握，透過公司競爭力的
提升和品牌商品的推動而受到肯定

教育背景

（順序要由最近發生的先寫，也因為已有幾年的工作經驗，因此教育
背景的順位在工作經驗之後）

Boston College 商學院碩士 2009

Black University 文理學士 2007

專業技術

精通微軟 Office 系統：Excel、Word、Power Point、
Outlook、Database Software、Spanish、Italian。

GOOD! 履歷解析

1. E-mail 與部落格的網址，是公認受歡迎的聯絡方式，如果有的話請切記要加上喔！

2. 在聯絡方式之後最好有一小段與求職內容相關的自我優勢介紹。看起來不但專業，也可以讓招募者迅速地知道你是否具備這個職位的所有要件。

3. 任何經驗履歷的順序，請將最近發生的優先撰寫喔！無論是學歷或是工作經驗都是一樣的道理。5 年前的工作經驗對你的影響肯定不會比你上一份工作來的大，而大學的學歷肯定比高中的學歷來的重要，因此順序千萬別弄錯了。

4. 履歷一開始最好有個 Summary，先把學經歷與個人優勢的重點標明出來，而履歷內容也十分建議您清楚地界定每個大標題，讓人資部能夠一目瞭然；而這也代表你邏輯清晰，可大大地增加你被錄取的機率。

5. 提供過去任職公司的簡介也是體貼人資部的做法，這可以省去他們做背景調查的時間。除了寫上之前的工作內容外，還要附上公司簡介，這會讓你的履歷看起來更完整、專業。

職場巧巧說

經過這個英文履歷表的練習，是不是對好的履歷表有了基本的概念了呢？我們再來談談，其他撰寫履歷的注意事項吧！你可能會想，招募者每天要看這麼多的履歷，我該怎麼做才能讓我的履歷不一樣？有些人會嘗試有趣的字型或有花色的列印紙張讓自己的履歷"與眾不同"，但事實上這樣做會讓你提早被淘汰。畢竟職場是個專業的環境，簡潔又正式的履歷表才會讓面試官聯想到你是可以代表公司的專業人選。Arial、Tahoma 或 Calibri 這幾個常見的字型都是建議的選擇，至於顏色請還是選用白紙黑字，規規矩矩的呈現吧！

另外在履歷表上的用詞，請都用第一人稱，因為這是你的個人履歷，你的對象也只有面試官一個。

最後，如果你有使用網路社群類似 facebook、twitte、goole＋或是有自己的部落格，建議都採用同一個名字或暱稱，將自己當成一個品牌來經營，這讓你整個人的形象更為具體，自然會加深招募者對你的好印象喔！

Unit 07 職前訓練 1 – 認識新環境 Orientation

STEP 1 ▶▶ 認識新環境（Orientation），首先掌握 reduce、accelerate 和 accommodate 這三個動詞

　　首先恭喜你被錄取啦！面試過程的緊張氣氛、到入職前的忐忑不安，適應新環境、認識新同事，是不是覺得壓力排山倒海而來呢？別緊張，其實企業主比你更擔心你會無法融入新環境，因此，有一定規模的公司通常都會舉辦職前訓練營（orientation）喔！內容除了介紹公司的背景、主力商品與規模組織的基礎課程外，有可能還會分組討論、讓大家快速了解公司的大小事，同時促進同梯新進人員間的人際關係。通常還會有一本員工手冊，玲瑯滿目介紹公司的規章、出缺席的規定、各項福利與義務等，讓你感受到被歡迎與被接納進入一個大家庭。一個成功的職前訓練營不能缺乏這幾個要件：reduce anxiety（減少壓力）、accelerate better results（更快地發揮專長）與 accommodate（為員工著想），不但能節省公司與主管的營運成本與時間成本，更能讓新進員工更有向心力，願意與公司一起永續發展。

STEP 2 ▶▶ 掌握動詞用法：

　　Orientation 最主要的目的就是要 reduce 新進員工對新環境的不安全感（insecurity）與壓力（stress），讓職員能夠降低負面的情緒，就能相對的提升工作方面的潛能與表現。

■ 我們先來看reduce這個動詞可以有哪些用法：

動詞分析與單句解構 ①

1. 降低；縮小

    例 She is trying to reduce her negative emotions with exercising.
    她試圖用運動減少她的負面情緒。

2. 迫使……（境地）〔(+to)...〕

    例 Our strong knowledge on the subject has reduced her to silence.
    我們對這議題的充分知識迫使她啞口無言。

3. 使化為……（落入某情況）（通常為負面）〔(+to)...〕

    例 The depression in economics has reduced the company into bankruptcy.
    經濟不景氣使得這家公司面臨破產。

4. 把……歸併 〔(+to)...〕

    例 The team leader reduced the weekly meetings to a monthly meeting.
    組長把週會合併成每月舉辦一次的月會。

5. reduce something by half (ph.)把某件事物減半

    例 You can reduce the total calories by half if you reduce the portion of each meal.
    如果你每餐的分量減少，可以將全天的熱量減半。

　　Orientation另外一個重要任務，是要幫你找志同道合的夥伴。一群新人一起進入一個新環境、一起成長的革命情感，會讓每天上班的情緒更好，工作效率與品質也會相對提高，在短時間內加溫新生之間的情誼（accelerate the bonding process）。

■ Accelerate為及物動詞（vt.）用法如下：

動詞分析與單句解構 2

1. 促進

     Accelerating the bonding process of newcomers to launch long-term friendship is one of the most important goals in orientation.
    促進新進人員之間的感情進而培養成長久的友誼，是新生訓練一個非常重要的目的。

2. 使……加速

     The racecar driver stepped on the gas and accelerated for the final round.
    賽車手用力地踩油門，在最後一圈衝刺。

3. 促使……早日發生

     The marketing seminar accelerated our proposal on annual marketing campaign.
    行銷研討會促使我們年度營銷企劃的提案進度超前。

Accommodate有容納、提供、照顧、考慮等意涵。舉辦orientation的場地需要視人數與課程的性質去做選擇。如果不只是單純的上課，而是有需要做團康活動的時候，會需要一個寬廣的場地可以accommodate（適應）這樣的需求。

飯店業時常會使用這個動詞，因為accommodate旅客，也就是順應各種不同需求而衍生出的飯店服務，是飯店業最基本的待客之道。同樣的，一個貼心的企業，也會想出各種方式accommodate員工，也就是好好善待員工的方式。

■ accommodate為及物動詞，用法如下：

動詞分析與單句解構 ③

1. 提供膳宿

   例▶ This new hotel can accommodate up to 1200 guests.
   這家新的旅館可以提供1200人入住。

2. 使適應……〔（＋to）〕

   例1▶ Orientation will help you accommodate to the new department.
   新生訓練會幫助你適應新的部門。

   例2▶ It was quick to accommodate himself to the new environment, considering his optimistic personality.
   基於他樂觀的個性，他很快就融入新環境。

3. 照顧、協助

例▶ The human resource accommodated us when we needed training courses on the new program.

當我們需要新軟體的訓練課程，人資部提供我們應有的資源。

4. 提供（人）……（某物）〔（＋with）〕

例▶ The owner will accommodate him with a loan to open his own restaurant once he has fulfilled all the requirements.

老闆將在時機成熟的時候，提供他一筆貸款讓他成立自己的餐廳。

STEP 3 ▶▶ 延伸用法 & Show time

理解這幾個動詞之後，假設我們是人資部的成員，為了準備新生訓練而招開內部會議，目的是討論如何將職前訓練做得更完善。你覺得會有哪些對話會產生呢？

NG! 對話

A: How are we doing on the orientation?

B: Shall I start on the location? We can either pick the main auditorium that accommodates 80 people or the big meeting room with 50 seats.

A: Either one would be fine by me; let's get to the activities.

B: We can have each newcomer introduce him/herself to accelerate the process of getting to know each other and reduce the chance of uncomfortable small talks.

A：新生訓練進行得怎麼樣？

B：我應該從地點開始講嗎？我們可以選擇可容納80人禮堂或是擁有50個座位大會議室。

A：兩個地點我都沒意見，先來討論活動內容吧。

B：我們可以先讓每個新人介紹自己，加速他們互相認識，減少令人不安的對談機會。

NG! 對話解析

　　建議在會議開始的時候，先跟與會者打招呼，一開始就進入主題會顯得不太有禮貌。用比方說thanks for coming, let's get started....（謝謝各位的參與，讓我們開始會議……）這樣簡單的問候就足夠。

1. Shall I start on... 我可以從⋯⋯開始嗎？

    解析 建議可以改成：If you don't mind, I would like to start on the....如果大家沒意見的話，我希望可以從⋯⋯開始討論。基本上會議的時候你希望表現出自信，並且準備周全，如果問大家可不可以開始這個話題，由其他人來決定順序，就枉費自己事前的努力囉！

2. Either one is fine by me; let's get to the activities.

    解析 如果今天是主管的身份，是可以決定討論的主軸應該進行到活動的部分。但用詞最好以鼓勵的方式，以免顯得缺乏耐性。可以用 They both sound great. You can decide a location for us. 這兩個地點都聽起來不錯，你幫我們決定一個吧！這樣的說詞會比較恰當喔。

3. Small talks 是寒暄、閒聊的意思。

    解析 好的 orientation 能促進新人間的 small talks，帶來氣氛熱絡、聊天不斷的活動，也算是訓練成功的表現。

GOOD! 對話

A: Thanks for being here; let's get started on the orientation agenda.

B: I will start with the location, which is the main auditorium that accommodates 100 people.

A: I like that idea. What about the icebreakers?

B: We can reduce newcomers' anxiety by playing team-building activities, which accelerate the process of their companionship.

A：謝謝大家的參與，讓我們開始討論職前訓練的流程吧。

B：我先講地點好了，訓練將會在我們可容納100人的大禮堂舉辦。

A：這個主意很好。那破冰的活動該怎麼進行？

B：我們可以透過建立團隊的團康活動，減輕新人的
　　焦慮。這也可以加速促成他們的夥伴關係。

GOOD! 對話解析

　　會議主持人Ａ開頭先跟大家寒暄，再進入流程議題的討論，不但顯現出尊重大家的出席，也抓住會議的主導權。

　　出席者Ｂ也表現得落落大方，表明選定的場地與可容納人數，自信地報告成果。

1. Icebreaker原先的意思是破冰船，但口語的用法則是代表突破陌生人冰冷的場面的意思。

   解析 常見用法有icebreaker games or icebreaker activities（破冰遊戲或是破冰活動）。Icebreaker遊戲常會在聯誼、青年活動或是新生訓練這類需要引導陌生人熱絡的場合出現。

2. Team building的活動主要的目的是要促進團隊精神，有時候就算是平日一起上班的同事都需要定期有這樣的活動來重新凝聚向心力。

   解析 新生訓練的時候採用team building來打造團隊精神，當然也是非常合適的，是一種可以在短時間內培養默契與榮譽感的活動。活動內容如將一個團隊分成幾組來比賽比手劃腳，誰能在短時間內猜對答案的小組就是贏家。透過趣味性的活動來增加團隊的默契、溝通與和諧感，正是 team building 最重要的目的。

3. 其他補充用法：

   (1) Accelerate the process of_____ ＝加速____的過程／進行

   (2) Accelerate the process of friendship加快友誼的進行

   (3) Accelerate the process of chemical bonding加速化學物質結合

職場巧巧說

為了讓大家更瞭解icebreaker activity，在這裡跟大家分享一個破除刻板印象的破冰遊戲，因為這個活動還有思考價值在，因此也可以當成team building的活動來使用。首先先讓大家在貼紙上寫上不同類型的職業。完成後每個人的背上都會被貼上一張貼紙，也就是被"貼標籤"的意思。除了自己背上的標籤，其他人背後的職業貼紙都可以被看到。接下來每個人輪流猜自己背後標籤上的職業，你可以問問題，比方說：我的工作時間多長？我的工作需要與其他人合作嗎？勞動的成份多嗎？每個人可以透過詢問問題的過程來想答案。其他人會按照這個行業的特質給你提示。比方說教授和女明星的工作性質想必就會有很多差異點，也可以透過提示的過程，看出每個職業被授與的刻板印象，這些特質的正確與否與客觀性都可以被深入探討，也可以在過程當中學會更尊重每個職業，以及減少對各種工作的無謂指責或是誤解喔！

Unit
08

職前訓練 2 - 新人尋求協助
Asking for Help

STEP 1 ▶▶ 新人入職後如何尋求協助？先學學 derail、regard、count 這三個動詞

　　進入一個新環境，期待認識新同事與全新關係的建立、工作上的挑戰與不同的成就感，這的確會讓人感到興奮，但同時也會倍感壓力的。不過新人的好處就是可以盡量問問題，問再多也不會有人責怪你。因此提醒你要好好地運用前三個月的工作蜜月期啊！

STEP 2 ▶▶ 掌握動詞用法：

　　在這裡有一些建議你提早詢問的問題，比方說績效衡量（review）的方式以及公司對你期望的工作績效有哪些？另外公司的文化也是你需要注意的地方，比方說公司是否有其他關係良好的企業你需要知道？是否有習慣合作的廠商？公司在付款方面是否快速？ Don't let the hidden relationships derail you. 別讓一些微妙的狀況阻饒你的升遷之路啊！與直屬主管的關係也是你需要多經營的部分，比方說他肯定的工作態度是什麼？怎樣的工作效率是他／她會滿意的？如果你觀察不出來，就直接問吧！如果家裡有特殊狀況，公司是否能接受偶爾必須早退或是在家上班呢？ How would a full day be counted? 工作時數或是加班，會是怎樣去計算呢？這些切身的問題，等到三個月試用期滿後再詢問就太遲啦！

剛進入新公司的時候，就像飛機起飛，穩穩地在航道內，當開始有業績壓力、人事的糾紛或是作業的過失等等時，就會開始偏離軌道，起起伏伏。因此一開始就充分地瞭解公司的遊戲規則，才能讓你不吃虧喔！

■ 說到偏移軌道，可以來看看 derail 這個動詞，最原始的意思是火車出軌，其它的應用方式如下：

動詞分析與單句解構 1

1. 使出軌

     The car ran a red light and caused the train to derail.
    那台車闖紅燈導致火車出軌。

2. 干擾

     Nothing will derail us on the way to the success.
    沒有任何事情可以干擾我們走向成功。

3. 破壞

     Prepping for the event can eliminate obstacles that can derail our opening party.
    為這個活動做好事前充足的準備，可以減少破壞開幕典禮順利進行的意外狀況。

　　有些公司有加班文化，但卻沒有明確的加班規範。有些公司是責任制，可以接受比較彈性的上下班時間，但這些都是辦公室文化，也許跟實際算薪水的計算方式有落差，為了避免薪水的糾紛，你最好對這些公司規章理解透徹。

■ 這些時數的計算我們可以用 count 這個單字來形容。

動詞分析與單句解構 2

1. 計算

例 The accountant is counting the absent hours and overtime hours to see if overtime pay applies.

會計正在計算缺席的時數與加班時數，看是否需要發放加班費。

2. 將……包含在內

例 There will be 20 people not counting me will be at the orientation.

新生訓練不包含我的話，將會有 20 個出席。

3. 當成、認為

例 I count myself being lucky to be recruited.

我認為我這次被錄取真的很幸運。

4. 有價值、意義

例 What really counts is the process not the outcome.
真正有價值的是過程而不是結果。

　　每個公司都有微妙的潛規則存在，比方說每個主管都有自己重視的工作成果，就算是沒有規範在公司規章中，很多公司的事物，都是人制。有些人在職場總是過得比較平順，不見得是工作能力比你好，而是懂得察言觀色，知道什麼事情該先處理、什麼時候該求救、什麼時候該據理力爭或是什麼時候該保持沈默。

■ 你認為你真瞭解你的上司如何看待工作績效嗎？How is your performances really being reviewed? Review這個動詞是及物與不及物動詞，不多說，直接看例子吧！

動詞分析與單句解構 ③

1. review 有重新探討的意味在

例 The board decide to review their decision on the global investment.
董事會重新檢視他們對於全球型投資的決定。

2. 審核

例 The upper management will review your performances once a year to see if you are eligible for a raise.
最高層主管會每年評估你的績效，看你是否符合加薪的資格。

3. 複習

例 He reviewed his notes from orientation today.
他複習了今天在新生訓練所寫的筆記。

4. 評論

例 His reviews new books and publication for a living.
他靠撰寫新書與刊物的評論維生。

5. 回憶

例 She reviewed her days in nursing school, which was hardship but fun at the same time.
她回憶起護士學校的日子，雖然艱辛卻也十分好玩。

STEP 3 ▶▶ 延伸用法 & Show time

　　新人的好處就是錯誤可以被原諒，因此就算問了不該問的問題，大家也不會怪罪你。工作上最尷尬的問題，除了請假、加班費、員工福利還有公司一些不成文的規定。假設今天你是個新手媽媽，剛到了一個新環境，卻還掛心該如何兼顧工作的時候，想問老闆是否可以有時候在家工作的時候，你該怎麼開口呢？思考看看吧！

 **NG! 對話**

A: I want to ask you a few questions on our job performances review since I don't want to derail at some point.

B: Sure, what is your problem?

A: I am going to need some days offs from time to time because I just had a baby. Say if I work from home, will all the hours be counted as if I am at the office?

B: Well, just make sure you turn in your work on time and be available at all hours, I won't hold anything against you.

A：我想詢問關於績效考核的問題，我可不想走冤枉路。

B：好，你的問題是？

A：我有時候會需要請假，因為我剛生了小孩。如果我在家工作，我的
工作時數會跟在公司上班一樣被承認嗎？

B：只要你保持聯絡並且準時完成你的工作，
我是不會反對的。

NG! 對話解析

　　新人剛到新環境，一定會有很多事情不懂需要問問題，這可以被體諒，但請注重您的語氣與表達方式。有時候主管並不是不喜歡被問題，而是你沒有尊重對方的立場或是問話的方式太過直接，讓別人沒有選擇的空間。多點禮貌與尊重，是新人得時時刻刻都放在心裡的喔！

1. at some point...

   解析 這樣的說法很籠統，意思是說「某個地方出錯」，「我可不願意！」，跟上司說話，千萬不可以用簡略的口吻。任何的溝通或是問問題，都要用正確的文法，這樣才有禮貌喔！

2. What is your problem?

   解析 通常出現在吵架或是生氣的時候，類似「你是有什麼問題啊？」這其實不是個問句，而是情緒化的表現喔！如果要詢問對方是否有什麼問題，可用：What is your question? Or Do you have any questions for me?

3. I am going to need some days off.

   解析 感覺上只是在告知老闆，我是需要請假的！即使你是新手媽媽情由可原，都要禮貌地尋求幫助與建議，不能只在乎自己的工作時數會不會算得清楚，而不在乎團隊的利益喔！

4. From time to time 不定期或是偶爾的意思。

5. hold anything against someone 與某人計較或是對某人因為某事而產生負面的印象。

GOOD! 對話

A: To prevent derailing my career, I was wondering if I may clarify some questions with you on how our work performances will be reviewed.

B: Of course you may, what are your concerns?

A: I am a new mother, and there will be times that I might have to work at home, how will my working hours be counted on a day like that?

B: Well, you don't have to worry. As long as you are in contact and finish your job within deadline, I can tolerate up to a week per month if necessary.

A：為了不偏離我的職業規劃，我在想是不是能跟你弄清楚一些關於績效評測的相關問題。

B：當然可以，你有什麼顧慮嗎？

A：我是一個新手媽媽，我想有些時候我可能不得不留在家裡工作，如果是這樣的話，當天的工作時數會怎麼計算呢？

B：這你不用太擔心，只要你保持聯絡，並且在限期內完成你的工作。每個月我最多可以讓你在家工作一個星期。

GOOD! 對話解析

　　問問題也許是你的權利，但回答問題與否也是對方的權力喔！因此切記在開口前，先徵求對方的同意吧！讓對方在沒有壓力的情況下聆聽你的問題，也才有餘裕思考怎樣解決你的困難喔！有良好的雙向溝通才能確保你的權益。

1. If I may ＋原型動詞……如果可以的話……

   解析 這是很有禮貌的問句！請筆記下來囉！

2. clarify 弄清楚或是解釋清楚的意思

   解析 Your explanation clarified my concerns.
   你的解釋化解了我的疑慮。

3. derail 之前提過，是偏離軌道的意思

   解析 因此 derail my career 的意思是說，因為某些過錯或是錯誤決定而阻礙了事業的順利發展、脫離原本的計畫等。

4. concerns 擔憂、關注或擔心的事情，它同樣也是個動詞

   解析 The news concerns your team member.
   這個消息跟你的組員有關。（動詞用法）
   She shows her concern through letters.
   她透過信件表達她的關心。（名詞用法）

5. I might have to... 我可能需要……

   解析 這是一種委婉地問問題方式。比方說：我可能得先走了，可以嗎？
   I might have to leave early. Is that all right with you? 這樣的問句會讓對方覺得比較沒有壓力，有選擇答應或拒絕的餘地在。

職場巧巧說

　　除了加班早退和績效考核這些問題，我們再來想一些該趁早詢問主管的事情吧！新人在交接上總是會有些過渡期，所以我們可以問問看有哪些是我們可以求助的對象。You can ask: Is there someone in the team who could be my mentor during my first few weeks?在我們的團隊當中，請問是否有哪個人可以在前幾週當我的教練呢？

　　找到這個前輩之後，可以開始進入食衣住行等瑣碎的事情了。比方說工作需要的文具或印名片該找誰幫忙？ Who is responsible for ordering office supplies and printing business cards?

　　另外你也可以問你的主管，如果有事情需要商量，她／他比較希望是怎樣的方式？ How would you prefer to communicate if I have something to discuss with you? Would you prefer I contact you by e-mail? Phone calls? Or contact you in person?　如果我有事情需要跟您商量，不知道您比較習慣怎樣的方式？你會希望我透過E-mail ？打電話給您？或是直接跟您約見面呢？

　　當然還有很多事情沒有涵蓋在上述的情境裡，但只要記住禮貌詢問與趁早詢問這兩個大原則，就不需要太擔心囉！

Unit 09 職前訓練 3 - 職務交接 The Takeover

STEP 1 ▶▶ 職務離職與交接會碰上的狀況？首先掌握 substitute、negotiate、quit 這三個動詞

做好離職決定之後，最好預留至少兩週給公司做準備。Quitting is not easy for anyone. 招募新人與工作交接都需要一段時間，給舊東家緩衝的空間，也是維持良好關係的不二法則喔！如果是因為相處上出了問題而想要離職，請切記任何書信與E-mail的往來都會有紀錄，盡量都不要有情緒性的發言，以免留下不必要的壞印象。很多公司會在錄取員工前做縝密的背景調查（checking reference），就算是換了不同產業，職場的環境其實不難碰到熟識的人，愛惜羽毛能讓你事業這條路走得更長遠。有時候公司臨時找不到人可替代你，會希望你晚點再離開，這時候可以有技巧性地跟他們溝通（negotiate），提供你推薦信函（reference letter），對日後找工作一定派得上用場喔！

STEP 2 ▶▶ 掌握動詞用法：

離職前的洽談（negotiate）需要長時間的溝通，包含自願離職的條件、離職的時程、交接的狀況；如果是非自願離職，比方說資遣（laid off），各方面的條件所需要的談判時間就要更久了，因為laid off通常是公司方面經營不善或是面臨改組，並非員工自身能力不足的緣故，因此離職條件相對優秀。如果是自願離職，通常重點就會放在人事的處理上，好聚好散可以讓下一個工作銜接更順利。

動詞分析與單句解構 ①

1. negotiate with 人

    例 We should negotiate with our employees on the terms of severance package as soon as possible due to the downsizing.
    由於公司縮編的緣故，我們應該盡快地跟員工洽談解雇金等相關條件。

2. negotiate for 目的

    例 I had to negotiate with the airline company for an earlier flight.
    我得跟航空公司討價還價才能搭早一點的班機回來。

3. negotiate 當成及物動詞的時候可以當成談判成功或是談成某項協議的意思

    例 We successfully negotiate a pay raise for the whole department.
    我們成功談好整個部門的加薪案。

4. 議價

    例 They tried to negotiate a better deal on the company cars.
    他們嘗試著議價，以購買實惠的公司用車。

Quit 代表著自願離職，自動放棄的意思。可以當成及物動詞與不及物動詞來使用。

■ Quit 的及物與不及物動詞的用法如下：

動詞分析與單句解構 ②

1.【及物動詞的用法】放棄＋V（ing）放棄某個動作

例1 She quit drinking after she lost her driver's license.
她在失去她的駕照之後就放棄飲酒了。

例2 Quit bothering me. I need to wake up early tomorrow.
別吵我了！我明天得早起！

2.【及物動詞的用法】離開

例 He finally quit his job after 3 years.
他終於在工作三年後離開了這份崗位。

注意 Quit 的過去式與過去完成式都是 quit，quitted 為英式用法，也是正確的喔！

3.【及物動詞的用法】解除，免除（+of）

例 After apologizing, she quit herself of guilt.
在她道歉之後終於消減了一些罪惡感。

4.【不及物動詞的用法】辭職

> 例 She wants to quit as soon as she gets pregnant.
> 她只要一懷孕就想要立刻辭職。

5.【及物動詞的用法】停止

> 例 It's almost mid night; it's time to quit.
> 都快要晚上12點了,該下班了!

Substitute 在工作交接的時候,可以被用來當成名詞,也就是找來彌補離職者的代替人選。當成動詞也就是替代的意思。

■ Substitute 同時是 vt.(及物動詞)也是 vi.(不及物動詞),因此在用法上需要特別注意。

動詞分析與單句解構

1. 用⋯⋯替代(vt.)

> 例 Amelia was hired to substitute Mary.
> 愛蜜莉亞已經被錄取來代替瑪麗。

2. 替代(vi.)〔(+ for/as)〕

> 例1 Only true love can substitute for hatred.
> 只有真愛可以替代仇恨。

> 例2 Pyramid substituted as our store manager for about 2 months.
> 沛銳明代任了我們店經理大約2個月的時間。

STEP 3 ▶▶ 延伸用法 & Show time

　　在 orientation 之後，隨即而來的就是工作的交接。其實很多時候，進入新工作的情況是不會有人帶著你交接的，通常只是看著之前職位的人所留下來的檔案，自己慢慢摸索、熟悉工作內容。假設今天錄取了客服方面的工作，你很幸運可以直接與人交接，而且第一手的聽到這份工作的大小事，你覺得會有哪些對話出現呢？

A: I quit because I am not satisfied with my pay here, and I hope you have gotten a better package than I did before.

B: I am sorry to hear that; however, I am not here to substitute your job but to create the best shopping experiences for my future customers.

A: I think you will find it very difficult with the limited resources that the company provides for you.

B: Don't worry about me; I am very good at negotiating with customers.

A：我辭職是因為我不滿意這邊的薪水。我希望你有得到比我更好的待遇。

B：真可惜你是這樣的感受，不過我並不是來代替你的工作，而是希望為我未來的客戶創造更好的購物經驗。

A：我覺得你會遇到瓶頸，因為這公司提供的資源太少了。

B：請不用擔心我，跟客戶交涉是我的強項。

NG! 對話解析

　　薪水的話題在職場上請盡量避談，就像宗教一樣，很容易在言談間妨礙到個人隱私或是忽略他人的感受。對於舊東家的批評也請盡量避免，畢竟每個人重視的權益不同，以自己的觀感去做評論或是責怪都是有失客觀的喔！

1. I am sorry to hear that...

解析 在這裡並不是道歉的意思，而是表達同情或能夠感同身受的意思。例如在西方的文化裡，聽到朋友或同事說出不好的消息，通常都會先說我很抱歉（I am sorry），其實只是表達心疼並不是道歉的意思喔！

2. You will find it...

解析 在這裡的 find 是覺得的意思，並不是如字面上「找到」的意思。I found it surprising that she decide to quit. 我覺得很驚訝她會決定辭職。

3. B 的最後一句話：don't worry about me...

解析 其實是很帶有情緒性的發言。類似：你不需要管我的事情！當你無法認同對方批評你的新公司或是無法承受太多的負面思考，你可以先禮貌性的找其它話題，分散他的注意力。比方說，I am sorry you feel this way, but can you kindly share your experiences on dealing your daily routine here? 我很同情你的遭遇，但可不可以請你分享在這邊每天工作的概況呢？

盡量多講一些鼓勵對方的話，也許也可以轉化對方不滿的心情喔！像是這麼說：That sounds amazing. You really know how to handle a difficult situation. 聽起來真厲害，你的確很會處理棘手的狀況。

GOOD! 對話

A: I never would've quit if my husband and I weren't moving to another city, and I am going to help you become familiar with your job for a whole week.

B: Thank you and I don't intend to only substitute your duties but also the enthusiasm in customer care.

A: Good, first of all, negotiating with customers is a big part of our daily routine; I have the file here with the guidelines on how to talk to our customers.

B: I will definitely study this material from top to bottom.

A：我如果不是因為要跟我先生搬到別的城市生活，我是不會想辭職的。而且我會用一整個禮拜的時間，來幫助你熟悉這份工作。

B：真謝謝妳，我不只想要代替你的工作，更希望能延續你對客戶關係維繫的這份熱情。

A：很好，與客戶交涉會是你每天工作的重點，我這裡有一份檔案，裡面有跟客戶交涉的基礎規範。

B：我一定會用心研讀這份資料。

GOOD! 對話解析

　　如果有跟別人交接的機會，請記得將好的經驗與文化傳承下去。也算是為自己之前的工作做個完美ending。親切地將手上的工作與一些注意事項交給接續你工作的人，可以讓對方感到安心，也可以更快進入工作狀態，相對的也是減少老東家的困擾。如果未來應徵的公司打電話給前公司詢問你的工作狀況，你也不需要擔心了。

---

1. Daily routine 日常工作或是每天的工作概況

   解析 以一個客服人員的日常工作，應該脫不了與客戶交談、提供客戶服務、產品資訊、售後服務、銷售記錄與客戶來訪記錄等等。因此如果說是開月會、或是做一些產品訓練等比較特殊的行程，就不會列入在 daily routine 中喔！

2. Top to bottom 這個片語是：非常仔細、從頭到尾、或是徹徹底底的意思

   解析 I read the materials from top to bottom. You can ask me anything on this subject! 我很徹底地閱讀了這些資料，你可以問我關於這個議題的任何問題！

3. become familiar with（片語）對某事物感到熟悉

   例1 I became familiar with English after I started this job.
   我因為接下這份工作之後，對英語變得拿手。

   例2 After my internship in the PR firm, I became familiar with the concept of marketing.
   經過公關公司的實習工作之後，我對行銷的概念也變得心應手。

4. Substitute 是替代的意思，可以當名詞也可以當作動詞使用。名詞的部分，最常見的是代課老師的意思。

例1 Since Miss Lee is sick today, I am your substitute for the day.
因為李老師今天生病了，我來當你們一日的代課老師。

解析 同樣的語意也可以改用動詞來詮釋，讓我們來練習看看吧！

例2 I substitute as your teacher for the day because Miss Lee is sick.
我今天來代任你們的教師，是因為李老師生病了。

5. Intend 這個動詞含有 "想要" 或 "打算" 的涵義，在某種考慮或是經過深思熟慮後做出某種動作的意思。

例 I don't intend to only substitute your duties but also the enthusiasm in custom care.

解析 這句話代表著「我不只想代替你的職位，更會傳承與延續你對這份顧客關係維護的熱情」。再舉另外一個例子讓大家更了解這個動詞吧！例：What do you intend to achieve by going abroad for 2 years?「你打算在出國這兩年達成哪些目標呢？」問這樣的問題同時，還可以看出問話者對於動作背後的動機感到好奇。

職場巧巧說

　　離職真的是門很大的學問，如果與老闆相處得很好，開口說要離開是很尷尬的，如果相處得不太好，更是會擔心要怎麼樣分手才不會日後夜長夢多。這裡提供大家一點建議，你可以準備一份正式的離職說明，但面對面的對談，絕對不可以少。

　　離職信函裡該有的內容又是什麼呢？第一，你要先感謝公司給你學習與長進的機會，你可以列出你在這公司學到的技能與專業知識。第二，你可以感謝公司給予你和同事一起打拼的機會。第三，如果你已經有了新工作，你不需要講得太仔細，但你可以大概地說明是怎樣類型的職務，公司的名稱或工作細節就可以省略。如果你離開的原因是身體狀況不佳或是求學等較無爭議性的原因，你可以照實交代。最後，你應該交代你想離開的日期，讓公司可以趁早準備。交出辭職信後，請切記要與主管坐下來談一談，這也是給公司的基本尊重喔！

STEP 1 ▶▶ 就職準備首先掌握 reboot、deprive、brush 這三個動詞

　　終於被自己喜歡的企業錄取了，一定既期待又緊張。你是會選擇立刻去上班或是先休息一兩個月呢？不論你上個工作離開的原因是什麼，離職、加上找工作的過程，你是否疏忽飲食與生活作息的正常？有適時運動、得到充足的休息嗎？如果經濟許可的話，建議先放慢腳步。花點時間充電，將自己的心態調整到最佳狀態再進入新工作會更好喔！Reboot your sleep cycle and let go of your bad habits.趁工作交接的時候建立更好的生活態度，好好站穩腳步再開始。尤其當下一個工作將是你人生最充滿挑戰性的職務，你會需要以最健康的狀態來面對。Take some time to brush up your skills.另外，你可以趁休息的同時，來充實自己的專業知識，才能更有競爭力來面對千變萬象的商場。現在就以閃亮之姿進入新工作吧！

STEP 2 ▶▶ 掌握動詞用法：

　　當電腦當機，無法做任何動作的時候，只能重新開機讓系統回復初始的狀態。

■ 這個動詞我們稱為reboot，重新啟動的意思。人工作生活一陣子，
有時候也會碰到瓶頸，而人reboot的方式，通常也是先離開現狀，
去旅行、換工作或是培養新的生活模式藉以重新開始。職前訓練的
一部分，得花在調整身心的狀態，才能夠精神飽滿地面對新環境。

動詞分析與單句解構

1. 再啟動

例1 My computer completely froze. I have to reboot to continue
on my work.
我的電腦完全當機了，我得重新啟動才能繼續工作。

例2 I often reboot by visiting my hometown, where I remember
why I work so hard and what I want to achieve.
我通常透過回老家來調整我的腳步，那裡是我記得初衷和為何如
此努力的地方。

2. 重新開始

例 After getting sick, he had decided to quit and reboot.
他身體狀況亮紅燈後，他決定辭職並且重新開始。

一份再完美的工作，如果它會讓你失去生活中其他重要的部分，也是有可能會讓人想放棄的。比方說 deprive of family time 剝奪了與家人相處的時間。畢竟能夠兼顧生活平衡的工作，才是能讓人長久留下的好工作。

■ Deprive 當成及物動詞的時候有「剝奪」或是「喪失」的意思，當成不及物動詞的時候，最常使用的是 of 這個介系詞。

動詞分析與單句解構 2

1. 從……奪走

例 The project's workload was so heavy that he was deprived of sleep and freedom for over 6 months.
負責這個繁重的專案，讓他被剝奪睡眠與自由整整 6 個月。

2. 從……奪走；使喪失〔（＋of）〕

例 The tragic incident almost deprived him of his sanity.
這些不幸的事情幾乎使他失去理智。

3. 缺乏

例 Deprived intake of nutrition made him seem smaller than other boys.
缺乏營養讓他看起來比同年齡的男孩還瘦小。

Brush當成名詞的時候是刷具的意思，但很有趣的是，它也可以被當成接觸或是擦亮的動詞。它甚至也可以當成重新學習的意思，比方說brush up這個片語就可以這麼用喔！

■ 在進入新工作前，應該拂去brush off過去不愉快的工作經驗，brush up你的專業知識與技能，這樣就可以自信滿滿地迎接新工作囉。

動詞分析與單句解構 ③

1. 刷或畫的意思

  例1 I am going to brush sands off the table.
  我要把沙子從桌上擦掉。

  例2 I always brush my teeth after a meal. 我通常在飯後都會刷牙。

2. brush off拒絕；重新學習

  例1 Although we were brushed off more than one time, now he is one of our best clients.
  雖然我們被拒絕過很多次，他現在是我最好的客戶之一。

  例2 I suggest you take some time to brush off your English if you ever want to get into an international corporation.
  如果你想進入國際企業，我會建議你花點時間加強你的英文能力。

3. brush（by ／ past ／ through）掠過

例▶ The wind brush through my hair. 有一陣風吹過我的頭髮。

4. Have a brush with sb/sth.... 與某人有爭執／過節

例▶ From what I know, this is not the first time he had a brush with the law.

據我所知，這不是他第一次犯法了。

STEP 3 ▶▶ 延伸用法 & Show time

假設今天你錄取到了一個夢寐以求的工作，但上一份工作所累積的壓力與疲勞讓你很想休息一陣子，你是不是會很猶豫應該馬上去上班，以免失掉這個工作呢？這時又該如何跟企業主表達你的意願來保留這個職位呢？請看以下 NG 與 Good 對話！

NG! 對話

A: We are glad you decided to join our company. When can you start?

B: Actually, I am pretty stressed from my last job; the deprived sleep and exercising has worn me out completely.

A: I suppose I can wait a week or two. How long do you need to reboot?

B: I think at least a month because I would also like to brush up my app programming skills.

A：我們很高興您決定加入我們公司，你什麼時候可以開始上班呢？

B：事實上，我因為上一份工作累積了很多壓力，睡眠剝奪和缺乏運動已經完全耗盡我的精神。

A：我想我可以等一到兩個星期。你需要多久時間可以重新開始？

B：我想至少一個月，因為我也想順便加強我撰寫手機app應用程式的能力。

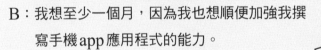

NG! 對話解析

　　在結束一段工作，又要馬上進入一個新環境、重新適應工作與新同事是需要全神貫注來付諸心力的。因此想要先休息這個想法絕對是可以被理解的。技巧在於以正面的事由徵求對方同意。比方說，新工作若對你來說是全新的領域，你可以針對這個產業去做了解與市調。基於這樣的理由與人事部溝通，成功率與好感度都是滿分。直接說上一份工作累積很多壓力與睡眠不足等事項，有可能會被連結成健康狀況不佳或是抗壓力尚待加強等負面印象。所以還是盡量避開這樣的溝通方式喔！

1. wear out or wear someone out (ph.)

   解析 可以用來形容用盡全部力氣、筋疲力盡的狀況。I am completely worn out because I stayed up all night last night. 我昨天晚上熬夜所以今天整個累壞了。

2. I suppose...

   解析 是我猜想或是帶有假設性質的口吻，是個帶有不確定性的說法。通常閒聊間這樣的用法是很常見的。比方說，A: Can you bring me my jacket from home on your way out? B: I suppose I can swing by your office after lunch. A：你出門的時候可以順便幫我把外套帶出來嗎？ B：我也許可以在午休的時候繞過去你辦公室一下。聽出來這句話的涵義嗎？ B 有著保留改變主意的空間在，因此如果在對談當中有出現這樣的用語，就有再次確認的必要性喔！

GOOD! 對話

A: We are pleased to have you on board with us. When can you start?

B: Actually, I have enrolled in an app programming class, which will be extremely helpful in the near future. If that's all right with you, I would like to take a month to brush up on my skills.

A: Of course. I will just check in with you in a few weeks when we send out your contract.

B: Thank you for understanding. I am excited about rebooting my life that's been deprived of personal time and exercising.

A：我們很高興你願意加入我們的團隊陣容，你什麼時候可以開始上班呢？

B：其實我報名參加了手機app應用程式的課程，這會對之後的工作很有幫助，如果你同意的話，我想用一個月的時間來補強我的相關技能。

A：當然沒問題，我會在幾星期內跟你聯絡，大概是我們寄工作合約給你的時候。

B：謝謝你的理解，我很期待可以重整我之前被剝奪了運動和個人時間的生活模式。

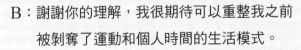

GOOD! 對話解析

　　擁有正面的思考模式，能夠帶來其他正面的能量。因此在與企業主爭取權益的時候，盡量以對方的利基點來回答問題。當你把牛肉端出來，對方可以衡量如果一點點不便可以換來更好的結果，又何樂而不為呢？與其爭得面紅耳赤，直接把好處帶給對方，才是聰明有效的溝通技巧喔！

1. on board 這個動詞片語最初是上船的意思。

   解析 一起做同一件事，共同承擔一件事情，我們常會說「我們是在同一條船上」。因此歡迎新人加入公司，也常會講 "welcome on board"，「歡迎加入」的意思。當然，上飛機也是可以用這個片語來形容。

2. enroll 是報名的動詞。I have enrolled myself into advanced cooking lessons. 我自己報名了高階烹飪的課程。

   解析 以需要補充與工作相關的專業課程這樣的角度與未來的公司溝通，不但可以獲得公司正面的認可，也可以同時為自己爭取一些休息時間。對於一個願意為自己投資的人才，企業主就算等上一兩個月也會覺得何樂而不為的。

3. 在對話中的 contract 是代表聘書，或是工作合約書。

   解析 通常在大型企業上班會有接收聘書的程序，聘書上會有任用的職位、薪水以及勞資方面的基本說明，求職者尚需要按照聘書上的規定時間報到，才算是完成就職程序喔！中小型企業則通常會以 E-mail 的方式通知報到時間，這兩種方式都是為了勞資雙方的保障而留下的依據，如果通知面試通過後一直未收到通知，記得要馬上跟公司聯絡才行。

4. check in with someone 是打電話給某人的意思，以表達關心或是保持聯絡的方式。

職場巧巧說

　　做好就職報到的心理準備後，多搭配幾套專業的上班服吧！這絕對會讓第一天上班心情穩定。如果要開車上班，記得前一天加滿油，並且熟悉路線，避免隔天手忙腳亂。萬一真遇到突發狀況，你覺得可能會遲到，請記得要打電話通知人事部，這樣才不會失禮喔。不要認為只是幾分鐘沒有關係，第一印象是沒辦法重來的。另外，進入新公司上班的第一天，你會希望更早融入新的團體，當天晚上就盡量把時間空下來吧！有些公司會舉辦迎新會或是聚餐，或是報到的部門可能有其他活動，把時間空下來也可以避免讓自己為難的狀況。通常進入新公司的前三個月是試用期，如果有表現或是發言的機會記得要把握，提早建立積極進取的工作態度可讓你在團隊裡的角色更顯著，其他同事也會更願意與你合作的。

Unit 11 英文簡報技巧 1 - 開場　Briefing Opening Skills

STEP 1 ▶▶ 英文簡報開場，來掌握 explain、join、imagine 這三個動詞

　　簡報技巧一向是台灣教育比較欠缺的一環，如何在台上能夠滔滔不絕，而且言之有物，需要的是清楚的邏輯與勇氣。我們先來談談開場技巧好了！一開始引起聽眾的注意後，別忘記歡迎他們來聽你演說。再來你可以簡短做個自我介紹，也可以說說你想跟大家分享的動機。開場的最後，提示聽眾你會用怎樣的角度去做探討或是解說的步驟大概有哪些，讓聽眾有心理準備，之後就可以開始進入主題囉！真的有這麼容易嗎？你心裡可能會這麼想。其實現在的簡報方式已經不像從前那樣拘泥於形式，像現在很受矚目的Ted.com會定期地邀請各領域的菁英份子來做演講，你會發現其實5分鐘以內的演講最受歡迎，因為聽眾毫不費力，而且影響力強的人生故事或是經驗分享，即使是5分鐘也可以鏗鏘有力。

STEP 2 ▶▶ 掌握動詞用法：

　　開場的那幾分鐘的確是簡報成功與否的關鍵時刻。一開始就必須要得到聽眾的注目，想傳達的內容才能完整地被聽眾接收。因此在開頭的時候，可以簡單說明你選擇這個主題的原因，而真誠坦率的演說動機與內容通常不難得到聽眾的迴響。

■ 我們常用explain來表達「說明」這個動作，我們一起來看看它的用法！解釋一件事情，代表著需要講解理由，所以後面接介系詞絕對是少不了，以連接後面接踵而來的結果與發展。

動詞分析與單句解構

1. 解釋、說明（除了加介系詞之外，還可以使用wh問句，也就是how、where、which、why、what與whom等疑問副詞，來讓解釋的內容更到位喔！）

   例1 Can you kindly explain how to start a presentation?
   你可以解釋一下簡報該如何開頭呢？

   例2 I would like to explain why I was late this morning.
   我想解釋我今天早上為什麼遲到。

2. 針對特定對象解釋…… explain to someone...

   例 Can you explain to me the difference between white wine and champagne?
   你可以跟我解釋一下白酒跟香檳之間的差異性嗎？

3. 或是用That代名詞的方式來指定或加強解釋的內容

   例 She tried to explain that her steps on building a public speech are very effective.
   她試圖說明她的演講組成步驟是非常有用的。

4. 辯解或解釋

例 You better explain before I lose my temper.
你最好在我發脾氣之前解釋清楚！

在演講的時候你需要與你的聽眾互動，邀請他們一起進入你的故事，讓他們跟你一起歡笑、一同感動。

■ 眾多人聚在一起可以用 join 這個字來形容，當它是及物與不及物動詞的時候，有以下的用法！

動詞分析與單句解構

1. 與……作伴

例 Will you join us for lunch tomorrow?
你願意明天和我們一起吃中餐嗎？

2. 參加

例 She joined our public speaking club for over a year now.
她參加我們的演講社團已經超過一年了。

3. 連結

例 Mr. P and Ms. H are joined by marriage.
P 先生和 H 小姐透過婚姻共結連理。

在簡報開場的時候，你當然希望能夠盡快帶著你的聽眾進入主題，所以這時候 imagine 這個字就非常好用，你可以引導他們、創造條件與情境，讓他們想像（imagine），這樣是促成成功開場的要件之一喔！

■ 現在我們來看 imagine 這個單字的用法吧！

動詞分析與單句解構 ③

1. Imagine 是想像的意思，通常在 imagine 後面加上註解狀況即是及物動詞（vt.）的用法。於註解時常用的有 wh- 問句（where、which、how、what、why）、that...，以及原型動詞 ing。

2. 想像＋wh 疑問副詞用法

   例 I can't imagine where I would I be if I haven't gone to college.
   我真不敢想像如果我沒有上大學我現在會是怎樣的狀況。

3. 想像 imagine＋that（強調 that 所代表的事件）

   例 I can't imagine that you are a mother of two.
   我沒辦法想像你是兩個孩子的媽媽。

4. 想像 imagine＋Ving

   例 She can only imagine having cake and cookie because she is on a strict diet.
   因為要她嚴格控管攝取的熱量，她只能想像她在吃蛋糕跟餅乾。

5. 猜想;(憑藉著不充分事實而)相信、自認

例1 I would imagine you are tired from exercising.
我猜你應該會因為運動而感到疲勞。

例2 I imagine you're right about this subject.
我認為你對這個議題的想法是對的。

例3 He imagines himself to be a good writer.
他自認是位好作家。

STEP 3 ▶▶ 延伸用法 & Show time

　　這個單元探討的是簡報的開場技巧,在你心裡是不是也默默的盤算如果是你,你會用怎樣靈活的方式來吸引聽眾呢?先來提醒各位開場的固定流程。首先,喚起聽眾的注意力、感謝大家的出席、自我介紹、主題提醒之後就可以進入主題囉!今天假設你是個商業顧問,來跟大家分享你的經驗談,你會怎麼樣開場呢?

NG! 簡報開場

Can everyone join me here for a second? Hello, my name is Ryder Walker. I am here to talk about my experiences as a business consultant. Imagining being in this industry for 20 years, I am sure you can find my speech to be meaningful. Throughout the speech if you have any questions, you can just jump in. I would explain any question you may have. I have always enjoyed interacting with people. Let's get started.

大家可以往我這邊看一下嗎？你好，我的名字是萊德・沃克。今天來到這是想談談我作為一個商業顧問的甘苦談。我在這行已經20年了，我相信你一定能夠從今天演講的內容當中得到啟發。如果簡報過程中您有任何問題的話，可以隨時發問。
我最喜歡和人互動了，讓我們開始吧。

NG! 簡報開場解析

開場的第一句話，應該要顯得穩重、自信，「請大家往我這邊看一下吧？」好像有種不確定感，在Good版的時候，我們將提醒多種自信開場的話語，讓你贏在起跑點喔！

1. 你發現了嗎？沒錯！他忘記表達感謝了。與其說是感謝，這更是一種互動的方式，原因在你道謝的對象就是聽眾，這是引導他與你有共鳴的第一步，讓他覺得也被納入為活動中的一份子，因此千萬不要吝嗇，記得要謝謝大家來參與喔！

2. 簡單的自我介紹他是做到了，但是如果可以稍微連結你工作的身分與你的主題會更好，這會讓簡報顯得更加流暢也更有說服力。比方說可以講出想探討的方向，或是想分享的特定主題、特殊的觀點，如此，在當下就會獲得聽眾的注目了。

3. 最後講者邀請大家在簡報過程當中歡迎大家發問，這可是個大忌。雖然看起來講者平易近人，喜歡跟聽眾互動，但是如果過程中一直被打斷，很容易讓整個簡報顯得瑣碎，而且自己很容易被影響而忘記演講的重點喔！切記要提醒大家，我很歡迎你問問題，但請先等我把簡報做完吧！

GOOD! 簡報開場

Good morning, ladies and gentlemen. Thank you for joining me here today for the presentation. My name is Ryder Walker. I'm a business consultant. Many of you have probably seen me observing you on the jobs and looking through company accounts. I am here to help you improve your sales and how would I do that? First, I would like to explain my finding of your company. Second, to share my view on the market share and our competitors. And finally, to suggest improvements. Imaging you could double your income in just one year. At the end of my presentation, I will be open for your questions but before that, who's with me?

早安、女士和先生們。感謝您今天來這裡參與我的演講。我的名字是萊德・沃克，我是一個商業顧問。你們之中的很多人，可能已經看過我在工作的時間觀察你，也關注公司的專案進度。我是來這裡幫助你提高銷售量的。我會怎麼做呢？首先，我想解釋一下我對貴公司的觀察結果。第二，分享我對市場占比和競爭對手的看法。最後，提出改進的意見。想像你可以在短短一年內倍翻你的收入。在我的演講結束時，我會開放大家來問問題，在這之前，誰要跟著我學習呢？

GOOD! 簡報開場解析

之前說過會分享如何讓聽眾沈澱、開始專心聽講的方式，Good版的早安問候，就是一個方法，你也可以用：Can I have your attention please! 或是 Now, let me begin by explaining why I am here today. 這些都是有效的開場句，請記得囉！

1. Ryder 介紹了自己的工作職位並點出在場的聽眾應該都有在公司看過他。這就是與聽眾做連結，拉近演講者與聽眾的距離。而在聽眾聆聽他的時候，他就馬上解釋他今天作簡報的目的，也就是幫助大家提高銷售量。

2. 簡報的時候，記得用一些副詞讓說明的內容更有條理。例如在句子的開端，加上 first, second, third, and finally 這些副詞讓你的聽眾可以按步就班地接受你的演說，也可以防止你一次給太多資訊，使聽眾無法吸收。除了上述的副詞，你也可以用 first of all, secondly, thirdly and last 來代替，讓你的說詞富有變化性。

3. 在解釋完簡報步驟後，我們看到講者丟出了一句話：Imaging you could double your income in just one year. 這是在提供一個願景以緊緊抓住聽眾的心，也是先把結局講出來，暗示他們如果你希望達到這個結果，你需要好好的聽我說話的好方法。

4. 最後他提醒大家，Q&A 會在簡報完之後。在簡報中應該要把注意力放在講者身上，避免讓聽眾有分心或是互相討論的機會，這的確是比較建議的做法喔！

職場巧巧說

　　現在我們來看看在簡報技巧中，自我介紹的部分可以採用哪些說法吧！請記住簡報要求精簡，因此自我介紹的部分只需要快速帶過，重點還是要擺在主題喔！如果今天你的聽眾不見得認識你的時候，你可以說：For those of you who don't know me, my name's... 你們當中應該有人不知道我是誰，我叫做……。若是在比較熟悉的群眾裡演講，比方說公司的教育訓練或校內演講，you can try:

　　As you know, I am in charge of channel marketing... 像你們所了解的，我負責的業務是通路行銷……。也可以嘗試開門見山的方式來介紹自己，這很適合5分鐘以內的簡報來使用，如：I am the new Sales Manager... 我是新來的業務經理……。

　　順道分享進入主題的方式，還有以下幾種說法喔！
1. Today I would like to present... 今天我想介紹……。
2. This morning I would like to talk about... 今天我想要分享……。
3. What I want to do is to show you... 我想要讓你看到……。

PART 2 會議英文——專業篇

英文簡報技巧 2 - 進入主題
Briefing Skills

STEP 1 ▶▶ 英文簡報進入主題，從 absorb、compare、choose 這三個動詞發揮聯想開始

　　順利地開場之後，就要進入簡報主題囉！主題是簡報的核心，涵蓋的範圍也比較廣，但我們還是可以整理出主軸，讓你可以輕鬆地準備簡報內容。

　　Know your audiences! 首先你需要對聽眾有一定的瞭解，像是對方的背景資料、他們的喜好以及期待怎樣的內容。Choosing a suitable topic. 再來選擇一個與他們相關又合適的主題。主題決定後，選定一個特定的標的，也就是你希望他們學習的重點，再去決定這樣的主題需要多久的簡報時間做說明。比方說新品介紹的簡報，主題當然就是你的商品。你會去分析你的目標群眾，你才知道怎樣的說法可以被理解（absorb）、怎麼樣的角度可以吸引他們。你可以透過比較（compare）市面上相似的產品，以突顯新品的好處。再來，你可以用廣告的方式或是型錄等行銷手法來加深商品優勢與特點。最後，總結商品的優點、購買後的好處以及購買地點的交代，你就成就了一個完整的簡報囉！

STEP 2 ▶▶ 掌握動詞用法：

　　做簡報的時候，你希望你傳達的主題重點可以被接受、被內化，因此懂得採用聽眾習慣的語言是很重要的。你舉的例子、你述說的狀況必須是他們可以理解的角度，這樣你的論點才能被吸收。

■ Absorb這個動詞有幾個用法：

動詞分析與單句解構 ①

1. 吸取（簡報內容、知識等）

例 I explain branding to tomato farmers in the form of tomato merchandising so they will be able to absorb the concept of marketing.

我透過販賣番茄的方式來講解品牌，使番茄農民能夠吸收行銷的概念。

2. 吸收（水、光、聲等）

例 Black fabric absorbs lights and heat better than other colored fabrics.

黑色的布料吸光性與吸熱性比其他顏色的布料要來的好。

3. 吸引、注意（in／by）

例 I was absorbed in his fascinating presentation.

我全神貫注於他精彩的簡報當中。

4. 合併（by／into）

例 This café was absorbed by a corporation due to its outstanding marketing strategy.

這家咖啡廳因為其出色的行銷策略被大公司併購了。

5. 承受

例> She cannot absorb another failure.
她沒辦法再承受另外一個挫折。

6. 承擔（金錢或費用）

例> I had to absorb all the expenses that exceed 1000USD.
超過美金一千元的部分費用我得自行吸收。

動詞分析與單句解構 ②

簡報當中很常用對照手法 compare A 與 B 以分出優勝，這也是一種加強自己論調的方式，甚至可以用圖示的方式，更加淺顯易懂。

- Compare 的用法因為有牽涉到兩個對象，因此需要透過介系詞來作分別，讓語意更加清楚。通常使用的是 with 和 to，在及物動詞的用法中，這兩種介系詞的用法幾乎沒有差別。

動詞分析與單句解構 ②

1. 和⋯⋯作比較（with／to）

例1> Compared with him, I am much shorter. 跟他相比我矮很多。

例2> Compared to this product, our new model has a much more advanced program.
跟這個物件相比，我們新型的產品擁有更強大的系統。

2. be compared（＋to）比喻為……

例1 His book was compared to a masterpiece.
他的書曾經被比喻為大師級的作品。

例2 Cotton candies are usually compared to clouds.
棉花糖常被比喻成雲朵。

3. beyond compare 無與倫比（compare這裡為名詞）

例 His presentation is beyond compare. 他的簡報真是無與倫比。

簡報做得好，可以啟發人心、讓人獲得知識、創造銷售、也可以幫助人做更好的選擇。

■ Choose 可以當成及物動詞或不及物動詞使用。兩種情況一樣都是挑選的意思，我們來看看差異性在哪裡吧！

動詞分析與單句解構 3

1. 選擇（＋between／from／among）

例 I don't know what to choose among these classes.
在這麼多課裡面我無法做出選擇。

2. 挑選

例 I chose him a gift from the airport.
我在機場幫他挑了一件禮物。

3. 決定

例 I chose to stay home after a long day.
經過一整天工作，我決定今天不出門了。

4. 願意

例 I can do anything I choose. 我想做什麼就做什麼。

5. 挑選

例 I have nothing to choose from. 我沒有任何選擇。

STEP 3 ▶▶ 延伸用法 & Show time

現在我們要直接進入簡報主題，在這裡我們省略開場。假設你今天是個產品經理，正在舉辦「Super Jacket」的新品發表會，開發的商品是專為10歲以下孩童的設計款功能性外套，簡報對象是父母親與經銷商。你會採取怎樣的方式進入主題呢？

NG! 簡報進入主題

"Super Jacket" is a product for children. They are adorable looking and they are comfortable. Children are highly active all day, so we use natural materials that absorb sweat to keep their skin dry. We hired young artists to design our "Super Jackets", so you have many super hero designs you can choose from. They are also waterproof. Compared to other brands, we have the best features and the best price. Don't waste your money on any other jackets!

「超級夾克」是專門為兒童設計的商品。它們不僅可愛，而且舒適。小孩一整天都好動，所以我們採用吸汗性良好的天然材質，以保持孩子們皮膚的乾爽。我們雇用年輕的設計師來設計「超級夾克」，所以你有很多款式可以選擇。它們還完全防水。與市場上其他外套做比較，我們的產品具備最多功能性還擁有價格競爭力。
別再浪費錢在其他外套上了！

NG! 簡報進入主題解析

簡報的內容，尤其是新品發表會，一定要條理清晰。上述的內容雖然豐富，一次給太多訊息卻會讓對方無法吸收，這樣簡報的效果等於零。建議運用一些小標題，停頓一下，給予對方消化的時間，再接續下一個重點會比較好。比方說一開始你可以先說 The first point is... 來開始敘述第一重點。接下來的幾個論點你可以用 the next point is 或是 next, we come to... 這樣的分段轉折，聽眾才會有心理準備接收並循序漸進地聽進去你想要傳達的內容喔！

1. Compared to other brands, we have the best features and the best price.

   解析 像這樣的論調，雖然聽起來好像很有道理，但卻沒有實際的內容，還不如舉例說明或是給一個願景來的有效果。比方說你可以提供一個結果，讓聽眾覺得嚮往，那你的目的就達到了。比方說你介紹童裝，你可以告訴他們這件多功能的外套可以讓你出遊的時候少帶好幾件衣服、或是成為小孩中的焦點。這樣容易想像的好處，會比說完 100 個外套功能來得吸引人。

2. Don't waste your money on any other jackets!

   解析 請盡量還是把重點放在提升產品上，不需要去攻擊其他的產品、或是批判其他的消費行為，把時間留在行銷自己的重點上吧！

GOOD! 簡報進入主題

First, "Super Jacket" is specially designed for children. Second, they are not only comfortable, but also durable. Third, they are made from natural materials that absorb sweat and keep their skin dry. Finally, look at the design, aren't they just adorable? You have over 5 different super hero designs you can choose from, so your kids will be asking for their jackets when you are going out of the door. Best yet, they are completely waterproof, so "Super Jacket" can also be double as a raincoat! Therefore, you will only need one jacket for all your traveling needs. Compared to other jackets on the market right now, we have the best price. For a limited time only, it's buy one get one free on our website right now.

首先,「超級夾克」是專門為兒童設計的商品。第二,它們不僅舒適,而且耐用。第三,全天然材質製成,吸汗性良好所以能保持孩子們皮膚的乾爽。最後,看看這個設計,是不是很可愛呢?有超過5種不同的超級英雄款式可以選擇,現在出門的時候他們會主動想穿外套。還有一個好處,它們完全防水,所以「超級夾克」也可以兼作雨衣!因此旅行的時候你只需要帶上這件外套。與市場上其他外套做比較,我們還擁有價格競爭力。現在在我們的網站上,有限時買一送一的活動實施中。

PART 2 會議英文——專業篇

GOOD! 簡報進入主題解析

　　在這個版本當中講者用了 First, Second, Third, and Finally，像這樣清清楚楚的分段，按照順序講出產品亮點的方式就很理想了。一次只分享一個易懂的概念，這樣聽眾的注意力才能集中喔！

---

1. Look at the design, are they just adorable?

   解析 適時的提出一些問句，可以加速聽眾的思考，讓他們把產品的重點放進腦袋裡。這樣的方式也讓簡報變得生動，讓聽眾比較有互動的感覺。

2. You have over 5 different super hero designs you can choose from, so your kids will be asking for their jackets when you are going out of the door.

   解析 也許每對父母親都曾經遇過出門的時候，小朋友不願意乖乖穿上外套的經驗。像這樣的假設，提供了一個理想狀況，讓父母覺得願意選擇這個產品。與其讓他們考慮質料好壞、設計是否前衛或是價格划不划算，還不如提供他們可以快速出門的辦法。提供幫客戶解決問題的角度是一個可以運用的思考方向，解決爸媽棘手的問題後，你就可以成功的賣掉這個物件。

3. 最後提到價格很優惠的部分，請記得一定要連結到「哪裡買」。畢竟新品發表會的重點就是要吸引爸媽跟經銷商進貨，不要失去這個立即銷售的機會囉！如果有販售的網站，也要在這個時間點告訴大家。

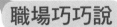

職場巧巧說

進入主題之後，有些小技巧能讓你的論點更有說服力。比方說，先把benefits講出來再說features，也就是把好處先說出來，再去講產品特點。先吸引聽眾的注意力，再提供簡報內容給他們，效果絕對會更好。

再提供一些可以激起聽眾的熱情方式給大家：

1. Share a personal experience

你可以分享一個與你的主題有關聯的切身經驗，大部分的人都喜歡聽故事，而真實真誠的故事通常也能打動人心。請切記不要冗長，這個辦法的成功率就很高喔！

2. Begin with a joke or a funny story

以笑話或是簡短的趣味故事開場。通常一開始能讓聽眾笑開懷的講者，就等於成功抓住聽眾的心了！只要後來進入主題的節奏緊湊卻有序，整場演講的氣氛就能完整掌握。

3. Project colorful visual aids

相信你也當過聽眾，如果一直接收平鋪直敘的內容，是不是很容易恍神呢？適時的讓聽眾接受視覺上的刺激也是一個啟發聽眾的好法子。

4. Give a unique demonstration

現代的簡報越來越活潑，如果碰到合適的主題，你可以考慮做一個show and tell，也就是展示與說明，或是透過一些小實驗去說明一個簡單的道理。不僅幫助理解，也增加趣味性。

PART 2 會議英文──專業篇

Unit 13　英文簡報技巧 3 - 實務應用
Briefing Skills

STEP 1 ▶▶ 英文簡報實戰應用，從 share、attract、inspire 這三個動詞發揮聯想開始

　　完整的簡報除了開場與主題之外，還有總結收尾的部分。最後 conclusion會做重點的複習、建議作法的提供；如果是新品的介紹則是會提供銷售資訊與購買地點。針對每個類型的主題，結尾的部分會各自有重要的任務。簡報結束後通常可以留一些互動時間，比方說Q&A就是一個很普遍的做法，也有很多教育訓練會接續著進行團康活動等。現在進入簡報實戰的準備，你可以擬presentation outline來幫助思考，能讓你的簡報藍圖更完整。有了簡報大綱，你可以檢視每個段落所分享（share）的重點是否容易理解，也能避免重複的論調或贅字。再來，內文接續的時候是否有吸引人（attract）的問句、例子或一些小故事，讓你的主題論調以生動的方式得到佐證。尤其是勵志型的簡報，如果你分享的是你個人的經驗談，會更能夠啟發（inspire）人心喔！最後你的結論是否能夠完整概括主題呢？如果這時候你也覺得說服力十足，恭喜你！你已經具備上台簡報的能力了！

STEP 2 ▶▶ 掌握動詞用法：

　　無論是專業知識或是啟發人心的人生經驗，透過充滿影響力的演說技巧，不但能獲得滿堂彩，其實聽者所吸收的內容也會被最大化。因此學會簡報技巧的流程，你才能完整地分享你的簡報內容喔！先做到熟悉簡報的方

式、累積更多演說經驗後，你個人喜愛的演說方式與你特殊的演說魅力就會慢慢的成長、顯現。請不要放過任何機會，展現與練習你的演說能力。

■ 我們現在先來看看share這個動詞吧！ share同樣可以扮演及物與不及物動詞喔！

動詞分析與單句解構 1

1. 均分或分攤（among ／ between）

例 The expense of orientation is shared among Sales Departments and Human Resource Department.
新生訓練的費用是由業務部與人資部共同分攤。

2. 共有或共同使用（with ／ among ／ between）

例 I share a car with my husband. 我跟我先生共同使用一台車。

3. 分享

例 I shared my tips on real estate investment with a couple of friends yesterday.
我昨天跟幾個朋友分享投資房地產的小技巧。

4. 分享或分擔

例1 We all wish to share in your joy. 我們都想分享你的喜悅。

例2 My best friend shared with me in distress.

我最好的朋友與我共患難。

　　如果對演說這一塊想再增添一些個人魅力，不妨多去聽各種不同的演講，看看別人是如何敘述內容以及起承轉合，也許可以得到一些啟發喔！

■ 在演說前記得要擬草稿，將基礎打好，再慢慢嘗試加入一些變化，讓你的演講變得更加吸引人！ attract 的用法如下：

動詞分析與單句解構

1. 吸引

　　例▶ He usually attract everyone's attention with an opening joke.
　　他習慣以笑話開頭以引起大家的注意。

2. 引起（＋ to ／＋ by ／注意／喜歡）

　　例1▶ Ryan is attracted to the lady in white hat.
　　萊恩喜歡那位戴白色帽子的女生。

　　例2▶ Sharks are attracted by the smell of blood.
　　鯊魚會被血的味道所吸引。

3. 片語補充：like attracts like 物以類聚

簡報的另外一個目的是鼓舞人心或是喚起你內心深處的勇氣。我們稱這樣的演講為 inspirational speech。這樣的演講通常很澎湃人心，讓我們暫時忘記煩惱與害怕，變得勇往直前。

■ 這也是一種演講的風格，Do you want to be an inspirational speaker who inspires people? 你想要成為能夠激勵人心的演講者嗎？那先學會 inspire 這個動詞吧！

動詞分析與單句解構 3

1. 激勵／驅使

   例 Her speech inspired us to work harder on our jobs.
   她的演講驅使我們在工作上更加努力。

2. 給予靈感

   例 The great poetry inspired him to create another piece of art.
   這偉大的詩篇讓他啟發他創作另外一項藝術品。

3. 喚起

   例1 His trip to Africa inspired courage in me.
   他遠征非洲的旅程喚起了我的勇氣。

   例2 His mother tried to inspire him with examples of inventors.
   他母親嘗試用發明家的故事來啟發他。

PART 2 簡報英文——專業篇

4. 引起、產生

> 例 The riot was inspired by years of unreasonable working hours and minimum wages.
>
> 這個暴動是因為累積多年不合理的工作時間與低薪所引起的。

STEP 3 ▶▶ 延伸用法 & Show time

　　經過前開場與進入主題的練習，你是不是對於簡報技巧越來越有心得？這個單元讓我們一起完成一份講稿吧！假設你成功經營網站、擁有大批的讀者，因此被獲邀分享你的成功經驗，直接來看看 Good 英文簡報範例吧！

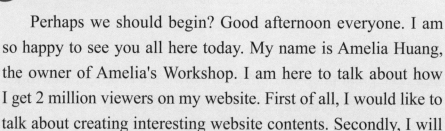

GOOD! 英文簡報實務

　　Perhaps we should begin? Good afternoon everyone. I am so happy to see you all here today. My name is Amelia Huang, the owner of Amelia's Workshop. I am here to talk about how I get 2 million viewers on my website. First of all, I would like to talk about creating interesting website contents. Secondly, I will share the techniques we use to attract viewers. And finally, the extra tips that we find helpful. I will be happy to answer all of your questions at the end of my presentation.

　　I started as a food blogger. I love sharing my recipe online and take beautiful photos of my creation. When I started to get feedbacks from strangers all over the world, it inspired me to establish "Amelia's Workshop" 2 years ago.

I believe all of you want your blog to succeed, correct? What was the last thing you search online today? People look for answers and references online. If you're a professional in a field, try helping others with tutorials. Tutorials and guides provide value, which can help drive traffic and convert followers. You can also interview someone well-known, which will definitely help you broaden your range of followers.

The second technique you can try is to run a contest or a giveaway activity to encourage people to interact with you. People love free stuffs! It works like a magic in getting attention and new audience to your website.

Do you wonder why your viewers don't grow as fast as you have hoped? Always study your audiences! For instance, I found out when I make a list, I have a lot more responses. So, I tend to use phrases such as "top 5 restaurants to go to this months" or "top 10 essentials to bring in your next trip."

Lastly, post an unknown fact. What happens is that people need new materials to talk about and by doing that, they are promoting your website.

In conclusion, being a good blogger is to share something that matters to you in a special way that inspires people. Keep in mind that you only want to share something authentic, you don't want to suggest anything without actually experiencing it. Lastly, have fun being a blogger and good luck to you!

PART 2 會議英文—專業篇

我們開始吧！大家午安。很高興在這裡見到你們。我是 Amelia Huang，艾蜜莉亞工作室的創辦人。我想跟大家談談我如何獲得 2 萬人訂閱我的網站。我會先分享創造有趣文章的實用手法。其次是我們吸引讀者的方式。最後再談一些我們覺得很有幫助的小技巧。我會很樂意在簡報結束後回答你們的任何問題。

我一開始只是個美食部落客。我喜歡在網路上分享我的食譜，並拍下美美的食物作品。當我開始從世界各地得到迴響，它激勵我在兩年前創立了我的網站。

我相信在座的各位希望創立成功的部落格，對吧？你今天在網路上搜索的最後一件事是什麼呢？人們喜歡在網路上尋找答案和評論。如果你屬於某個專業領域，你可以在網路上做示範幫助更多人。這些指南很有價值，它可以幫助啟動你網站的流量並吸引更多人追隨你的訊息。您也可以採訪業界的名人，這肯定會幫助你打破既有的群眾。

第二種方法，你可以嘗試競賽或是贈品活動，鼓勵人們與你互動。大家都喜歡免費的東西！像這樣的活動會很神奇地讓你獲得關注並且增加新的讀者到你的網站。你想知道為什麼你的網站流量跟你預期的有落差？回去研究你的讀者吧！比方說，我發現列清單的時候，回應的人數會很多。所以我經常使用例如「這個月必造訪的 5 餐廳」或是「下一次旅行不能缺少的 10 樣好物」這樣的標題。

最後，分享一些不為人知的冷知識吧！人們需要新的話題，透過他們的知識方想，也是在推動你的網站。

總之，一個好的部落客是以他獨特的方式分享對他很重要的事物，期待可以啟發更多人。請記住，你永遠只分享獨創、或者你真心推薦的好東西，不要分享你從未體驗的事物。

最後，貫徹當一個快樂的部落客吧！祝福你們！

GOOD! 英文簡報實務解析

　　在上則的簡報示範當中，你應該發現在歡迎致詞與自我介紹之後，就要直接進入主題囉！

1. 一開始不要話太久的家常，應該在引起大家注意力的2分鐘內，把主題講出來。主題陳述後請按照順序把簡報流程大綱帶過一遍。在內文當中你可以看見"first of all"、"secondly"、"Finally"這幾個key words，不要小看這些轉折的語助詞，他們會讓你講話更有邏輯性，聽眾也會聽得更清楚。

2. 進入主題前你可以講個簡短的背景故事，拉近跟聽眾間的距離，像筆者所分享的就是她如何起家，以及是什麼契機讓她成立網站。願意來聽演講的人，想必都是來獲得一些靈感或解決辦法的群眾。像這樣的奮鬥小故事會在過程中感動更多人。

3. I believe all of you want your blog to succeed, correct?以問句開頭，但其實用意是強迫聽眾自行思考，再慢慢提供一些解答。這個方式不妨可以多用，也會讓你的演講內容不會顯得太制式化。

4. Broaden這個動詞為擴大、寬廣的意思；You can broaden your knowledge by reading books and magazine in different subjects.你可以透過看不同類型的書籍與雜誌來擴大你的知識內涵。

5. Run a contest／competition（競賽）、run a giveaways（獲得禮物）、run a sweepstakes（獲得獎金）這幾個片語都代表著網路上舉辦的活動

   解析 你可能會很驚訝竟然是採用 "run" 這個動詞，雖然 "hold" 這個動詞也算正確，卻沒有 "run" 這個動詞來的傳神喔！你可以用 " 運作 " 這個方向去想像，幫助你記憶這個片語的用法。另外一個可以使用的動詞是 "host"，也就是主辦的意思。

6. For instance／for example

   解析 記得在舉例的時候，可以加上這個片語，讓聽眾知道接下來的內容要注意聽！提供親身經歷，是增加簡報豐富度的好法子，多舉一些例子可以幫助聽眾理解，內容也會比較有趣喔！

7. 結尾時，可以加上 in conclusion、to summarize 或是 To sum up 這幾個很常用的片語，提醒大家簡報已進入尾聲，正在做總結的意思。

職場巧巧說

　　也許你的簡報技巧已經夠好了，但想到要站在大家面前做簡報，卻害怕得不得了。讓我告訴你，其實大家都一樣！ 即使是身經百戰的演說老手，在上台的前一刻，還是會覺得緊張怯步！所以請先放棄否定自己的想法，給自己打氣一下吧！上台恐懼症的起因都是因為缺乏自信與經驗而來，抑或是過去可能有過不好的經驗而造成的心理壓力。我們可以透過rehearsal，多次演練簡報的內容讓自己更熟悉，進而慢慢地放鬆，自己的演說潛力才能完整的發揮出來。加強事前的準備將不確定因素降到最低，比方將當天要使用的資料與設備先預備好、事先到簡報的場所確認場地的狀況等等，讓你能夠專心在演講這件事上。你也必須要知道，你的聽眾都希望你成功，他們願意前來，就代表你今天所講的內容是他們有興趣的。鼓起勇氣，累積你的演說經驗吧！

PART **2** 會議英文──專業篇

會議關鍵說服 1
Meeting Persuasion Skills

 STEP 1 ▶▶ 進入英文會議階段，從 attach、benefit、emphasize 這三個動詞發揮聯想開始

　　談判技巧（negotiation skill）是職場上十分重要的工具之一，不但可以透過這個技能談到比較好的薪資、較好的福利還可以有效地說服客戶買單。如果今天你要說服客戶下訂單，你應該會覺得要強調（emphasize）公司良好的服務與產品的優點吧！但其實這些條件對於客戶來說是家常便飯，不如把好處（benefit）直接告訴他，直接創造需求。而會議上的衝突或瓶頸，需要的是互相了解需求，雙方各退一步進而達成協議。Negotiation skill需要高超的溝通能力與擅長人際交往的特點，這樣的人才會吸引老闆與同事的喜愛與仰賴（attach），做任何事也少不了你。另外，問題分析、良好的情緒控管、事前的準備、團隊精神與決策力，也都能夠幫助你說服與你意見相岐的人。

STEP 2 ▶▶ 掌握動詞用法：

　　Attach這個動詞是依附或是伴隨的意思，像我們經常發郵件時的附加檔案，也是用這個動詞喔！

■ Attach a file＝附加檔案；有時候我們也會拿這個動詞來形容人際關係。比方說你對於某個人事物的依賴也可以用attach來形容，我們現在來看看它的用法吧。

動詞分析與單句解構

1. 裝上、貼上〔（＋to）〕

   例 Please attach your name tag to your belongings.
   請在你的隨身物品上貼上你的名字。

2. 重視、依賴

   例 Our manager attaches importance to him because he is smart and reliable.
   我們的上司很看重他因為他聰明又可靠。

3. 附屬〔（＋to）〕

   例 The clinic is attached to this medical school.
   這家診所附屬於這間醫學院。

4. 附加

   例 People attach different meaning to the incident.
   每個人對這件事所附加的解讀不大相同。

5. 指派

例 ▶ Tina was attached to the marketing department the first day she came.

緹娜第一天來就被指派到行銷部了。

6. 歸屬〔(＋ to)〕

例 ▶ The teacher attached the blame to the boy.

老師把過錯歸屬在這個小男孩身上。

7. 伴隨

例 ▶ These are the disadvantages that attach to this job.

這些是從事這個職業的缺點。

會議中的談判斡旋，其實都是在於雙方的利益矛盾。

■ 在過程當中如果一方可以提出 benefit 對方的優勢，以換取對自己有利的條件，談判也能夠圓滿落幕。因此在會議進行前，你可以先思考對方的需求是什麼，該以怎樣折衷的方式達到對方的要求，會讓會議談判更順利喔！

動詞分析與單句解構 2

1. 有益於……

例 ▶ The fresh air will benefit you after a long day.

在辛苦工作一整天後，呼吸新鮮空氣會對你有幫助。

2. 受惠於……（by／from）

例 We benefit from their years of experiences in public relation.
他們多年的公關媒體經驗使我們獲益匪淺。

當我們在做演說或是談判的時候，會用手勢、口氣或是舉例說明來強調我們的論調。我們會用 emphasize 來形容這樣的動作。

■ 在說服對方的時候，我們一定要先聆聽對方的想法，在了解需求之後 emphasize 我們可以為他達成的事情，再換取對公司更有利的條件。

動詞分析與單句解構 ③

1. 強調做及物動詞時，可與 that／wh 問句合用

例1 He emphasized that he did not mean to hurt anyone through his critics.
他強調他並不是有意要透過他的評論去傷害任何人。

例2 I couldn't emphasize how important it is to keep a regular schedule for children.
我沒辦法再強調給予小孩規律的生活有重要。

PART 2 會議英文──專業篇

2. 突出

例▶ He emphasized the shadow by adding more dark color to the painting.

他用更多深色顏料去讓畫作中的陰影更突出。

3. 著重

例▶ My mother always emphasizes the importance of good manner.

我的母親總是著重良好品德培養。

STEP 3 ▶▶ 延伸用法 & Show time

　　假設你今天要爭取一個設計案，設計內容是為一個舊品牌重新打造企業識別系統Corporate Identification System（CIS），雖然設計理念相符也幾乎確認會合作，但在採購預算以及設計費用上無法達成共識，你會採取什麼樣的方式來說服對方呢？

 **NG! 對話**

A: We need to update our brand image and emphasize on marketing; however, your design fee is just way too expensive.

B: If you don't want your business to go under, you will need me.

A: Of course I understand a new CIS will benefit my business, but I just can't afford it.

B: Here is the contract, to which I have attached my branding services and service fee. You can have a look and call me when you are ready to cooperate.

A：我們需要更新我們的品牌形象，並且把重心放在市場營銷上，但你的設計費真的是太貴了。

B：如果你不希望你的事業走下坡，你會需要我。

A：我當然明白新的CIS將有利於我做生意，但我真的付不起你的設計費。

B：這是合約，裡面附上了我可以提供的品牌服務和費用。你可以先過目，等你願意跟我合作的時候再連絡我吧。

NG! 對話解析

在討論費用的時候如果覺得對方收費太昂貴，在談判過程當中，並不建議直接喊貴喔！你可以用委婉的方式，先講出自己的難處。如果一開始就先說對方的費用太貴，容易聽起來像指責，會讓說服對方的任務更困難。

---

1. If you don't want your business to go under, you will need me.

   解析 千萬不能威脅你的客戶！建議採用同理心並且提供更好的方式去說服對方。尊重對方是最基本的禮貌，可別忘了喔！

2. Here is the contract...

   解析 以這樣的話語開頭，感覺沒有給對方任何選擇。雖然清楚表達你的看法是好的，但是請在一開始加一些緩和語氣的片語。比方說：I see where you are coming from or I can understand your concerns, so how about.... 先體諒對方的難處，再提供別的做法給對方，絕對會比較恰當。

3. Call me when you are ready.

   解析 如果出發點是希望給對方多一點時間考慮合約，請避免這樣強烈的用法，並改用 Please take your time to go over the contract, and don't hesitate to call me when you have made your decision. 你可以慢慢看這份合約，如果你有任何決定，歡迎你撥電話給我。

GOOD! 對話

A: We need to revitalize our brand and emphasize our brand image, but at the same time, we have to be realistic about the expenses.

B: You don't have to worry. we can provide the complete CIS makeover including new logo, new stationary design and advertising that will benefit greatly on your corporate image.

A: I know that you will do a great job, but frankly I can't afford your service.

B: Let's talk about other options. Here is a contract on making me a partner into your business, and I have attached the percentage of the profit that I would like in return for my design.

A：我們需要振興我們的品牌，並強調我們的品牌形象，但同時，我們必須誠實面對費用這方面的問題。

B：你先不必擔心，我們可以提供完整的CIS改造，包括新的商標、全新的包裝設計和廣告，您的企業形象將會大大的受益。

A：我肯定你的工作能力，但坦白說，我實在是付不起這樣的費用。

B：讓我們來談談其他選項。這裡是一份共同經營合夥契約書，我附上了我想要的利潤比例，以代替我的設計費用。

GOOD! 對話解析

　　有時候溝通需要以退為進，如果對方擔心費用太高昂，你反而可以先避開討論這個話題。你可以說說其他你能夠為他改善的方式，多聽聽對方的需求，為自己爭取思考的時間。你可以觀察對方的情緒與肢體語言，看出他真的需求之後再回答也不遲喔！

1. Vitalize 是活化的意思，re-verb 是再次的意思，revitalize 也就是再次活化、再次重生的意思。

2. Be realistic about...

   解析 對某件事物實際地看待、而不是抱著天真幻想的意思 Let's be realistic here. We should use the money to buy a house rather than a sports car. 面對現實吧！我們應該要把錢拿去買房子而不是跑車。

3. You don't have to worry...　你不用擔心……

   解析 以「解決客戶難題」這樣的想法去跟客戶溝通，再說出你可以提供的完善服務，讓客戶放心把問題交給你。甚至把與你合作之後的優勢說出來，說服對方與你合作的成功率絕對會大大的上升。

4. Let's talk about other options.

   解析 這樣的說法會讓大家卸下心防，當大家都為雙方利益爭辯的時候，如果能夠退一步，多提出一些不同的做法讓大家一起討論，也許可以在過程中達到共識。

5. Making sb a partner 與某人合夥做生意（片語）

6. In return for something 以某件事彌補或以某件事報答（片語）

職場巧巧說

　　在進入會議室前，有哪些事情我們可以先準備，讓說服客戶的過程更順利嗎？

　　首先建議大家先想清楚自己的立場與自己想獲得的條件，並且在會議過程當中，禮貌並且堅定自己的立場，這樣才不會讓對方覺得有機可趁。

　　第二，知道自己的優勢就是必勝關鍵！在與客戶談判的時候，拿出自己最專業的技能以及其他企業所不能代替的地方，讓客戶知道唯有跟你合作，才能夠得到你這樣的服務項目，這樣就可以成功說服對方了。

　　再來，你需要有判斷實際狀況的能力才能清楚地衡量自己的勝算。有時候即使滿腔地熱情去爭取一個工作機會，也還是有自己不足的地方。不要被情緒沖昏頭，盡量表現自己可以做得很完善的項目，即使最後無法取得案件，也能夠因為真誠而在職場上多交一個朋友喔。

PART 2 會議英文──專業篇

會議關鍵說服 2
Meeting Persuasion Skills

 進入英文會議階段 PART2，從 deliver、concentrate、demand 這三個動詞發揮聯想開始

　　讓我們再一次模擬會議上可能遇到的談判狀況吧！舉例來說，如何說服客戶、留住客戶並且讓客戶心甘情願地下訂單，絕對是門藝術。首先你得找對客戶，也就是對你的專業或是產品有需求（demand）的群眾。Concentrate on a specific target audiences!並且在這個範圍內，顯示出自己的差異性與優勢、做應有的宣傳，讓客戶自己接近你。一個稱職的業務，平常就會經營自己，你的優良服務與熱誠，自然會吸引優質的客層入門、口碑行銷也會跟著來。客戶會有貨比三家的慣性在，這就得看你是否經得起考驗了。第一次與客戶開會，就是一段關係的開始，雖然重要，但長期經營的心理準備也不能少！例如開完會後的follow up也很重要，Deliver your promises信守承諾，客戶服務做得完整才能留住客戶的心喔！

掌握動詞用法：

　　Deliver這個動詞最淺而易懂的用法是運送的意思。例如郵差投遞信件跟包裹就是使用這個動詞。有時候滿足客戶的購買需求，也就是提供客戶解決銷售上的問題時，也是用這個動詞。

■ Deliver這個動詞也可以被用來形容把一件事情做好、達成了一個
目標或遵守承諾。如何在會議當中運用這個動詞，接下來讓我們慢
慢瞭解吧。

動詞分析與單句解構

1. 履行〔（＋on）〕

例1 If he promises to do something, he delivers.
如果他承諾做某件事，他絕對會做到。

例2 We will deliver on all the terms listed on the contract within
a year.
我們將會在一年之內履行所有註名在合約上的條款。

2. 運送〔（＋to）〕

例 Please send these samples to the post office and have it
deliver to our client's office by next Friday.
麻煩你把這些樣品送去郵局，讓它們能夠在週五前被送達客戶的辦
公室。

3. 釋放、解脫〔（＋from）〕

例 Writing delivered him from desperation.
寫作讓他從絕境中解脫。

4. 發佈

例▷ The CEO delivered the merger messages this morning.
執行長今天上午發佈了企業合併的消息。

5. 接生

例▷ I am a certified midwife who is capable of delivering a baby.
我是個有執照的助產士，我有能力可以接生嬰兒。

6. 投遞

例▷ The boy delivers newspapers every morning.
報紙每天早上都是由那個小男孩投遞給我們。

　　在會議當中你必須要專注，才能仔細聆聽客戶的需求；你還要清楚地記住公司的原則，才能在談判的進退當中不失利。你也必須擁有濃縮問題的能力，在最短時間內解決客戶的難題，才能把訂單緊緊的抓住。

■ Concentrate 就是「專注」以及「濃縮」的動詞形式，讓我們專心把這個動詞學會吧。

動詞分析與單句解構 ②

1. 專注（on／upon）

   例▶ We must concentrate on the logistics since this is the first time we export to England.

   我們一定要專注在物流上，畢竟這是我們第一次出口到英國。

2. 集中

   例▶ Population is usually concentrated in big cities due to economical reasons.

   因為經濟效益，通常人口會聚集在大城市裡。

3. 濃縮

   例▶ The juice is concentrated from apple, kiwi and passion fruit.

   這是蘋果、奇異果跟百香果的濃縮果汁。

PART **2** 會議英文──專業篇

供應與需求（supply and demand）是經濟學裡面最基本的概念，因此任何商業的買賣也離不開這個大原則。透過與客戶的會議，瞭解對方要求的時候，有時候會意外地開發其他商機。當客戶只需要你一個人，就可以達到與2、3家公司合作的效果時，相信取得訂單也是指日可待了。

■ Demand與request同樣都有要求的意思，但是demand多了一層堅決與強力要求的含義，通常在國際談判的慣例中，demand出現的機率會比較高。

動詞分析與單句解構 ③

1. 要求（that／to＋verb）

例1 The client demanded the product lead time cannot be longer than a month.

客戶要求產品的交貨期不能超過一個月。

例2 The students demanded the school to reschedule the final exam dates due to election.

由於選舉的緣故，學生們強烈要求學校重新安排期末考的日期。

2. 查問

例 The policeman demanded the reason for their entrance.

警察盤查他們進來的原因。

STEP 3 ▶▶ 延伸用法 & Show time

　　記得剛才說過 supply and demand 嗎？沒錯，針對客戶的需求，如果你可以圓滿達成，生意就會上門。不過，如何在符合公司利益的狀況下技巧性的回應客戶的需求呢？假設今天已經跟客戶談到報價的地步，但雙方因為交期遲遲無法簽約，該怎麼樣回應好呢？

 **NG! 對話**

A: Let's concentrate on the quotation where you can find all the necessary information. You can sign here when you are ready.

B: We are not happy with the lead time especially; we demand that products should be delivered within a month after signing the contract.

A: We can only shorten the production time by 20 percent.

B: We will only sign the price estimate if lead time is cut down by half.

A：讓我們專心看報價的部分，在這上面有你所有需要的資料。等你準備好了，可以在這裡簽名。

B：我們尤其不滿意交期，我們要求產品應該在簽訂合約後一個月內交貨。

A：我們最多只能縮短20%的生產時間。

B：如果不能把生產期削減一半，我們就無法簽估價單。

NG! 對話解析

　　Quotation 或是 price estimate 都是報價單的意思。通常會有雙方公司抬頭、單位報價、總價、稅金以及交貨期和運送方式。有時候還會加上包裝方式與運費，端看產品或是服務項目的種類。

---

1. ...where you can find all the necessary information...

   解析 跟客戶談到報價單的時候，務必要作詳盡的解釋。只要是與金錢或雙方權益有關係的合約，就是非常重要的議題，萬萬不可像這句一樣，請對方自己看合約，確認完就簽署這樣的草率帶過。有耐心地說明才是尊重對方與重視雙方合作的做法喔！

2. We can only shorten the production time by 20 percent.

   解析 當客戶已經因為交易條件不滿意時，應該多跟對方交談，趁這個時候多想幾個解決辦法來創造雙贏；而不是把底線說出來，等待對方同意，這樣只會讓客戶覺得公司誠意不足，對公司產生負面的印象喔！

GOOD! 對話

A: Let's concentrate on the price estimate. Please take a look here on the quotation where pricing, delivering time and the lead-time are stated, and you may sign here if you agree on the terms.

B: Before signing, let's go over the lead time. We have to demand that the production time to be cut down in half.

A: If we stock up on the raw materials, we can probably shorten the lead time by 20 percent.

B: Please confirm the lead time and make proper adjustment until our next meeting.

A：我們先專心看估價單。請看這邊的價格、送貨時間和交貨期，如果您同意這些條款，您可以在這裡簽名。

B：簽約之前，我們先討論一下交貨期。我們要求生產期必須減少一半。

A：如果我們先備好原物料，也許可以縮短20%的交貨期。

B：請確認好交貨期並作出適當的調整，直到我們下一次會議再討論。

PART 2 會議英文──專業篇

GOOD! 對話解析

　　向客戶解釋報價單，是非常基本也是不可或缺的工作之一。在一開始就解釋好單價、最低數量、稅金、生產時間與運送條件，才是保證合作愉快的不二法門。

---

1. 當客戶對報價單提出疑問的時候，務必要先針對問題釋出善意，比方說交期客戶覺得太久，可以商量一個折衷的時間。重點是不為難自己公司的同仁，也能讓對方感到你願意積極處理。如果是價位太高，也許可以建議客戶提高數量，另外幫客戶處理貨品儲存的問題。不但可以提高訂單量，同時展現出可以提供極盡完整的專業服務能力。

2. stock up 是囤積貨品或是將貨物補齊的意思

   解析 如果是科技業，在倉庫中備有大量現貨是有必要的，因為市場的需求量大，儲存得當的話，商品的折損率也不高。反觀食品業，原物料的保存期限都不長，會有過期的疑慮。另外，囤積大量的原物料，也許會需要冷凍倉儲等方式，成本也會相對升高。在建議備貨的時候也要將相關的因素考慮進去，免得替客戶跟公司帶來困擾喔！

3. cut down in half; reduce by half

   解析 都是減半的意思，所以如果原先的交期是 2 個月，reduce the production time by half 就是交期只剩 1 個月的意思。

職場巧巧說

　　在與客戶討論訂單的時候，不妨先聊聊一些產業狀況，可以在這當中得知更多對你有利的談判內容喔！你可以先詳細地解說公司的核心技術與相關服務，適時地稱讚對方、問對問題，會讓對方更願意與你分享需求與疑慮。建議你在會議前，多花時間研究客戶的公司背景資料與競爭對手的狀況，如果能夠提供競爭對手如何經營客戶關係或是其勝負關鍵，也能讓客戶感到有你的協助可以事半功倍。

　　另外，會議結束後，別忽略會議記錄的發送，像是會議的主題、會議日期、與會人員還有重點記錄都可以以點列式的方式呈現。最後再寫上下次的討論議題、出席人員以及預計的會議時間。確認好下一次見面的日期、積極進取的態度，相信爭取客戶成功下單的機會，絕對是屬於你的。

PART **2** 會議英文—專業篇

Unit
16
會議關鍵說服 3
Meeting Persuasion Skills

STEP 1 ▶▶ 與國外客戶會面開會時，首先掌握 check、confirm、inspect 這三個動詞！

　　國際貿易中要面對各種不同的國家客戶，這些客戶之中，除了英語系國家，如美，加，澳，紐西蘭外，還有更多的非英語系國家如中南美洲，中東，日韓等，其實比例上更高。非英語系國家的英語水平，當然不比英語系國家，有些客戶是由翻譯人員處理商業書信的。在商場跟考試不同，這時使用的單字，務求簡潔，易懂。避免生澀字彙造成雙方誤解及延遲回覆。此篇所介紹的單字 check、confirm、inspect，為國際貿易最基礎且實用性 100% 的單字。事實上，這類基礎單字在生活中也到處能派上用場，一定要學會！！

STEP 2 ▶▶ 掌握動詞用法：

■ Check 會在哪幾種情境下出現在商業行為上呢？請參考以下幾個狀況：

動詞分析與單句解構 ①

1. 檢查，核實（當用到此字時，Check 要確認某項資訊是正確的，或是某項事情讓人滿意的）

   例 Please check the accuracy of your P/I.

   好好檢查你的P/I（預期發票：Proforma lnvoice）的正確性。

   解析 當看到此句時就要小心了。客戶可能在P/I中發現錯誤了。藉由「check」這單字，提醒我們要注意仔細的檢查P/I，不要再犯錯了。

2. 確認某（事／人）是否完整，安好

   例 We check the raw material everyday. 我們每天都會檢查原料。

   解析 有時候必須跟客戶說明工廠的作業程序，我們如何確保生產貨物原料的無誤或是其正確性。我們會告知客戶，我們都會先檢查原料，再安排生產。這時就可以用 we check the material 使客戶放心

3. 托運

   例 Good morning, I would like to check in. 早安，我要辦理登機。

   解析 當在機場check in行李時，表示將行李交給航空公司地勤後，行李便會由人員安排運送至我們所搭乘的飛機貨艙內。之後要辦理登（劃位，托運行李）等程序，也口語化成 check in。

PART 2 會議英文──專業篇

4. 搭機時，第一個句子就是 check in

   解析 商務人士常常要旅行。剛開始對於出國可能覺得很新鮮，後來太頻繁出差，真的是很累人。不論如何，搭機前要先去櫃檯報到，將行李托運。

5. 有時候，若目的地太遠，要轉機時，我們必須跟櫃台說要：I'd like check in my baggage right through to the final destination. 請將行李直接轉到我的目的地。

6. 結帳

   例 Check, please. 請結帳

   解析 出國用餐完後，該怎麼跟服務生說「買單」呢？大家腦袋裡想到會不會是 bill（帳單）這字呢？其實，用 check 更傳神哦。

　　商場上，每個賣家都對自家的產品都信心滿滿。要如何證明自家商品有多受歡迎呢？可不是自吹自擂一番，客戶就會相信了。拿出數據來準沒錯。這時我們用 The new statistics confirmed that our product is very popular.「新數據證實我們的產品十分受歡迎。」，也就是 confirm 這個動詞，再加上相關數據報告，就是最有力說服客戶的方法。

■ 究竟 Confirm 會在哪幾種情境下出現在商業行為上呢？請參考以下幾個狀況：

動詞分析與單句解構 2

1. 證明，屬實（如某事能被證明，而使之相信某事的真實性）

> 例1 The rays have confirmed that she has broken her right leg.
> X 光證明了她的右腳骨折了。

> 例2 These new statistics confirmed that our product is very popular in the market.
> 這些新的統計數據證明了，我們的產品在市場上大受歡迎。

2. 與（某人）確認，證實，肯定（某事）

> 例 We confirm that the delivery will be on schedule.
> 我們確認將會如期出貨。

> 解析 當某人說 confirm 某事時，表示此事我相信，或是確認過的事實。

國際貿易中，訂單談成之後，最重要的就是要準時出貨了。快要出貨前，若看到客戶看此句一定會十分開心，放心不少。請切記，當我們說出 We confirm that the delivery will be on schedule. 這句話時，我們必須 100% 有把握出貨。必須先確認過工廠的生產排程，包裝進度到貨倉、船期等細節都敲過一遍，才能使用 confirm 這字。

- Inspect 會在哪幾種情境下出現在商業行為上呢？請參考以下幾個狀況：

動詞分析與單句解構 ③

1. 視察，檢驗

例 Each restaurant is inspected and if it fulfills the standard, it will be recommended on the travel guide.

每家餐廳都會被視察，若是符合標準，將會在旅遊雜誌上被推薦。

解析 當官方的 inspect 某地或某團體時，該地/團體將會被仔細檢查。以確認相關規矩是否有被遵守，標準是否有達到。

2. 檢查

例 The Quality Check manager is inspecting those shipping goods.

品管經理正在檢查這些要出貨的商品。

解析 當我們 inspect 某事／物時，表示我們仔細檢查過每一部分，以確保某事／物的完整或正確。如何讓客戶安心？就是透過品管跟檢驗（inspect）。會議的過程中，還有很重要的一點，告訴客戶我們會驗貨（inspect）以確保產品品質跟正確性。如此，更能說服客戶，除了優良的商品，我們公司更有嚴謹的品質把關，進而促進雙方合作。

STEP 3 ▶▶ 延伸用法 & show time

看完了 check、confirm 及 inspect 的動詞解析後，開始進階到對話應答囉！將動詞透過對話的模式，再更加充分理解動詞在句子當中所扮演的角

色，慢慢地就能學會活用文法。現在來模擬和客戶會議的對話，我們先來看個NG版，再思考看看有沒有更好的說法能夠說服客戶吧！

NG! 對話

Jo: Claire, we are very disappointing at your new quotation. Your price is too expensive.

Claire: Jo, yes, our price is more expensive than other companies. But the quality is much better than other competitors.

Jo: I know, but the price difference is so huge that we can't accept it.

Claire: Ok, I'll check our cost and make sure if we are able to offer a cheaper price.

Jo： Claire，我對你們的新報價單感到失望，價格太貴了。

Claire： 是呀，跟其他競者比起來我們的價格有點貴，可是，我們的產品品質比其他的供應商好太多。

Jo： 我知道的，但是價差實在太大了，我們根本沒辦法接受。

Claire： 好的，我會再去查看我們的成本，看有沒有機會提供便宜的價格給您。

NG! 對話解析

　　NG對話中出現了 cheap（便宜）與 expensive（昂貴）……等字，在日常生活或是出國旅遊，我們可能常用這些字，但是在職場請盡量避免哦，現在我們來看看這篇對話有什麼不妥的：

1. We are very disappointing.

   解析 我們很失望。disappointing雖然中文是「另人失望」的意思，但在英文中只能形容事物是令人失望的，若是人感到失望就不能用disappointing，ing的用法，只能用disappointed，以ed做結尾；這裡的用法錯誤，須改成 We are very disappointed。

2. Your price is too expensive. 你的價格太高了。

   解析 這句話出現在日常生活中無誤，我們去購物時，會跟老闆說：Your price is too expensive. 但是在國際貿易中，幾乎沒有買家以這句話反映價格的，此話太過直白，而且有失禮貌。

3. Offer a cheaper price 提供便宜的價格

   解析 這句話出現在日常生活中也無誤。但是在國際貿易中，沒有人用到cheap這字的。因為我們常說的便宜便宜，翻成了cheap用到商場上就有廉價跟品質很差的含意。

GOOD! 對話

Jo: Claire, we are very disappointed at your new quotation. Your price is very high.

Claire: Jo, our price maybe higher than other companies. But the quality is much better than other competitors.

Jo: I know, but the price difference is so huge that we can't accept it.

Claire: Ok, I'll check our cost and make sure if we are able to offer more competitive price.

Jo: Claire，你們的新報價單讓我很失望，價格太高了。

Claire: 我們的價格或許有點高於其他競爭者，可是，我們的產品品質比其他的供應商好太多。

Jo: 我知道的，但是價差實在太大了，我們根本沒辦法接受。

Claire: 好的，我會再去查看我們的成本，看有沒有機會提供更好的價格給您。

GOOD! 對話解析

　　既然不能用 cheap（便宜）與 expensive（昂貴），那麼該怎麼調整才會更通順呢？還有職場上說服客戶的關鍵，除了價格之外，還有什麼需要注意的嗎？請看以下：

PART 2 會議英文——專業篇

1. We are very disappointed at your new quotation
   我們對你的新報價單很失望

   解析 正確句型為：S + be disappointed at（某人對某事失望）。

2. Your price is very high. 你的價格很高

   解析 說出此句，客戶就能馬上理解你的意思，也避免使用 expensive。 We have checked the new quotation. It's higher. But the quality is much better than the competitors. You should take quality into the consideration. 我們檢查過我們的新報價單了，報價有比較高。但是我們的品質相對好多了。請您將品質也列入考慮。

3. 在會議談判中，最常出現的問題即為雙方為了價格爭持不下。

   解析 買方第一件事抱怨產品太貴，其他競爭者能夠提供更優惠的價格。站在買方的角度，就是必須要嫌產品貴，不論其他工廠報價如何，永遠都要爭取更優惠的價格。

   但是，站在賣方的立場，要說服客戶雖然我們的價格是比較高的，但是品質相對也好。成本都是核實過的（check），沒有胡亂開價的成分。再請對方將品質納入考慮範圍內。論點對了，買方就會不再堅持在單價上，進而考慮他需要的是品質好的商品，還是會有麻煩的廉價商品。

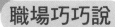

職場巧巧說

在商業會談中，常常會遇到客戶問些我們沒有準備到的問題。如：What's the material of this wheel？這輪圈的材質是什麼？若不知道答案，請把「不知道」放在心裡，也不要隨便說出口。

此時應該說的是：Let me check.「讓我查查看。」，並記下客戶的問題，等到有答案時馬上回覆客戶。

Inspect的名詞Inspection，在工廠檢驗裡經常使用，如：
The new item has to pass the inspection. 新產品必須通過檢驗。
Inspection也是生活中常會看到的，如機場有檢驗（inspection）、房屋檢驗（House inspection）；將此單字學好，對生活中跟工作上都大有益處。

PART **2** 會議英文——專業篇

Unit 17　業務談判 1　Sales Negotiation Skills

STEP 1 ▶▶ 與國外客戶會面做業務談判時，首先從 advise、decide、agree 這三個動詞開始發想

　　與國外客戶會面時，其實大家心情都很忐忑。畢竟英文非我們的母語，要如何使用英文來跟國外客戶談判進行交涉呢？相信大家都會有相同的問題。在這裡，建議使用 advise、decide、agree 這三個單字。為什麼是它們三個呢？英語水平一般的人，其實都能毫無差錯的念出 advise、decide 及 agree 這三個單字的正確發音，而在談判時能正確無誤講出單字十分重要，發音正確了，就可以避免因為緊張而講錯話或結巴。

　　這三個字對與非英語系國家的客戶來說亦是簡單易懂的單字，雙方在業務談判時，也不易出現歧異。這三個單字雖然簡單，卻十分好用，此篇所介紹的單字 advise、decide 及 agree 是國際貿易最基礎且實用性 100% 的單字，事實上，你一定也會說，只是如何應用商場上，可能不是那麼清楚。現在就來好好學學在商場上如何活用 advise、decide 及 agree。這類基礎單字在生活中也到處能派上用場。一定要學會！！

STEP 2 ▶▶ 掌握動詞用法：

■ Advise會在哪幾種情境下出現在商業談判上呢？請參考以下幾個
狀況：

動詞分析與單句解構 1

1. 通知、告知

   例▶ I advise you of my decision of retirement.
   我通知你我要退休了。

   解析 當我們advise某人一項事實時，表示正在表達一項事實或是解釋
   情況。

2. 勸告；給⋯⋯出主意

   例1▶ The teacher advised him to take chemistry class.
   老師建議他去上化學課。

   例2▶ We advise you to revise the design.
   我們建議您應該修改設計圖。

   解析 當我們用advise someone去做某事時，我們表達我們認為
   someone應該去做某事。

3. 補充：商業貿易中，常常需要跟客戶溝通，確認大小事項、出貨細
   節等。當我們不知道客戶要安排哪家船公司，我們可以說About the

PART 2 會議英文——專業篇

shipping company, please advise. 客戶看到此句，就會去查相關資料，再來回覆我們。

例 About the shipping company, please advise.
關於要安排哪家船公司，請您告知。

■ 究竟decide會在哪幾種情境下出現在商業談判上呢？請參考以下幾個狀況：

動詞分析與單句解構

1. 決定

例 Jason decided to take the new job; it's a great opportunity for him.
Jason 決定好要接下那新工作，這份工作對他是個難得的機會。

解析 當decide to do something時，表示有仔細考慮過其他可能。 如：After discussing with our factory, we decided to develop a new mould for the new client. 在跟工廠商量之後，我們決定幫新客戶開組新的模具。

2. 補充：Decide這個動詞有仔細思考、分析各種可能後才做出的決定，是個很有說服力的動詞。例句中，我們決定幫客戶開新模具，在客戶聽來，我方是排除種種困難，才能做此決定，自然會對我方信任加分。此外用decide這次有表達意志堅定之意，在談判中，若想堅定地表達自己的意見，用decide準沒錯！

■ 究竟agree會在哪幾種情境下出現在業務談判上呢？請參考以下幾個狀況：

動詞分析與單句解構 ③

1. 同意、意見一致（如果一群人，就某件事agree，表示他們的看法一致。）

   例 We agree the new project. 我們同意那個新案子。

   解析 會議談判時，雙方總是各有意見要陳述，各有立場要表達。有時候，太堅持己見反而會把場面弄得尷尬，甚至不愉快。這時候，適時表達認同對方的看法，是十分重要的。若是客戶提出一新案子，我們可說 We agree the new project. 我們同意這新案子，之後若有其他補充，可再加but...再加上自己補充的意見。如此，事情就能繼續談下去哦。

2. 答應，允諾

   例 We agree to pay for the sample. 我們同意支付樣品費。

   解析 我們agree to do something，表示我們同意去做某事，將會去做。若我們agree to a proposal（提案），表示我們將會接受這提案。會議談判要求給予明確、簡潔的事實，譬如說，雙方為了支付樣品費而爭論時，而我方若願意支付該費用可說 We agree to pay for the sample. 表示「我們同意此事，也將會這麼做。」，這樣就能說服客戶。

PART 2 會議英文—專業篇

3. 贊成、贊同

例1　I agree with you. They should move out. 我贊成你的看法，他們應該搬走。

例2　I agree with you. We should be more cautious on the inspection.
我贊成你的說法，我們在檢驗時應該更謹慎。

解析　當我們agree with某項行為／某人時，表示我們贊成這項行為／看法；因為很重要，所以再說一次。在商業談判中，要認同、同意對方的看法與意見。同意跟認同不是讓步，是開啟互信的關鍵，客戶得到我們的認同，自然防禦心降低，更能創造有利談判的氣氛。

STEP 3 ▶▶ 延伸用法 & show time

看完了advice、decide及agree的動詞解析後，開始進階到對話應答囉！將動詞透過對話的模式，再更加充分理解動詞在句子當中所扮演的角色，慢慢地就能學會活用文法。現在來模擬和客戶之間對話，我們先來看個NG對話，再思考看看有沒有更好的說法吧！

 **NG! 對話**

Keith: Last shipment was delayed about 2 weeks. That's ridiculous. Can you imagine how much we lost ?

Joseph: That's not our fault. The shipping company changed its schedule.

Keith: You should tell me earlier about it. Then we can avoid this problem.

Joseph: Ok, maybe we will do that next time.

Keith： 上次出貨延誤了兩個星期，太離譜了，你能想像我們損失多少嗎？

Joseph： 那又不是我們的錯，船公司自己改了船期。

Keith： 你應該提早告訴我的，我們可以避免此麻煩。

Joseph： 好吧，或許下次我們會這麼做。

NG! 對話解析

　　看出來了嗎？在上面的對話中，賣方的回應是十分消極及無建設性的；站在買方的立場上，只會越聽火氣越大而已。如果是這樣的供應商，可能下次就會被換掉。

1. That's not our fault.

   解析 即使是船公司更改船期而造成延誤，我們也絕對不能說出 That's not our fault. 因為客戶因此而損失是事實，說出此句，僅讓人覺得我們委過，事不關己，讓人留有此印象後，我們就很容易被客戶換掉。

2. You should tell me earlier. 你應該早點告訴我。

   解析 Tell 告訴實在不適合用在商業會議中。因為此字 tell，沒有約束力，只是表達說話者的意願。I tell you something. 這句表示我告訴你某事，僅僅只是資訊的傳達，並不代表我的意願。

3. Ok, maybe we will do it next time. 好吧，我們下次也許會這麼做。

   解析 此回答一點也不尊重客戶，也十分的不專業。貨物延遲已經造成了客戶的損失，我們必須更加地認真面對此問題，而不是隨便敷衍兩句，隨口回答而已。這裡的 Ok，帶有好吧，不然要我怎麼辦的意思。請避免使用。

GOOD! 對話

Keith: Last shipment was delayed about 2 weeks. That's ridiculous. Can you imagine how much we lost ?

Joseph: I agree with you, it's unacceptable. But the shipping company changed its schedule without any notice.

Keith: You should advise me earlier about it. Then we can avoid this problem.

Joseph: Sure, we will advise you in advance next time.

Keith： 上次出貨延誤了兩個星期，太離譜了，你能想像我們損失多少嗎？

Joseph： 我同意你的說法，實在是令人無法接受，但是船公司在沒有告知的狀況下，更改了船期。

Keith： 你應該提早通知我的，這樣我就能避免這問題。

Joseph： 當然，下次我們會提早通知你的。

GOOD! 對話解析

在 Good 對話中，我們將 advise 與 agree 置入，表達出我們能夠認同客戶的想法，藉此讓客戶理解我們信任我們，這就是贏得談判的關鍵。

1. I agree with you. It's unacceptable. 我同意你的說法，那實在是令人無法接受。

   解析 發生了貨物延遲，我們適時說：I agree with you. It's unacceptable. 表示我們同意對方的看法，這件事實在太糟了。對我們來說，同意agree客戶的說法，沒有任何損失，對客戶來說，他的看法被同意，表示我們與他是站在同一陣線的。

2. You should advise me earlier about it. 你應該早點通知我的。

   解析 這裡我們把tell換成了advise表達出解釋該情況，或是告知。

3. Sure, we will advise you in advance next time.
   當然，我們下次會事先告知您。

   解析 這裡我們將不痛不癢的OK換成口氣堅定的Sure，句子也更完整了。表達出我們下次一定會事先告知客戶，在客戶反應問題的當下，我方願意配合解決，積極地處理問題。

4. 補充：其中in advance事先是個好用片語，請一併記下來吧。讓我們來看看例句，了解in advance該怎麼用：

   例1 We like to order 100 pcs in advance.
   我們想要預先訂100 pcs。

   例2 The decision is announced a week in advance.
   這決定一星期前就宣布了。

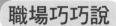

職場巧巧說

Advise此字十分好用。當在書寫商業書信時,可這麼寫:

例1 ▶ Morgan: The order will be finished next week. We are about to arrange the shipment. However, we haven't received any information about your shipping company. Please advise. 訂單下週即將完成,我們可開始著手安排船運了。但我方尚未收到貴公司船公司的任何訊息。請告知下一步。

例2 ▶ Morgan: How is the shipping sample test result? Did you get any information from the test department ? Please advise. 出貨樣的測試結果如何?您有收到測試部門的任何訊息嗎?請告知。

注意到了嗎?上面兩句的內容雖說不同,但是都是表達一種疑問,需要客戶的進一步資訊反饋。這時在敘述完問題之後,補上一句Please advise.(請告知),就很完整。

PART 2 會議英文——專業篇

Unit
18
業務談判 2
Sales Negotiation Skills

 STEP 1 ▶▶ 與國外客戶會面做業務談判時，還能從 insist、consider、suggest 這三個動詞發想

這三個字的字義十分清楚、好發音，亦能在不同的談判情境時，扮演重要角色。Insist 意指堅持。是的，談判時，即使話說得很客氣，但是必須堅守該堅持的立場。這時，我們可以使用此字來表達，往下看會有清楚的單字解析。

Consider 考慮：有時候，不想把話說滿時，我們可以用 consider 考慮這字，來取代直接回答的 Yes 或 No，為自己跟對方留一個轉圜的空間。Suggest 建議：當我們要婉轉表達意見時，可以使用 suggest 這單字，讓對方聽起來舒服，也容易接納我們的意見。

進入正題，現在就來看看這三個動詞如何應用在商場上，好好學學在商場上如何活用 insist、consider 及 suggest，這類基礎單字在生活中也到處能派上用場。

STEP 2 ▶▶ 掌握動詞用法：

■ Insist 會在哪幾種情境下出現在業務談判上呢？請參考以下幾個狀況：

動詞分析與單句解構 ①

1. 堅持，強調〔（＋on＋名詞N／Ving）〕

例1 Our clients insist on high standards of raw materials.
我們的客戶堅持要高品質的原料。

例2 We insist on quality check before shipment.
我們堅持出貨前要驗貨。

解析 當我們insist某事時，表示我們堅信此事。與品質攸關的驗貨，千萬不能馬虎。即使是供應商再三保證，買方也須堅守立場（We insist on quality check before shipment.「我們堅持出貨前要驗貨。」）。此要求合情合理，而用insist表明立場，可讓供應商了解買方對品質的重視及要求。

2. Insist that ＋子句

例1 My family insists that I should go to university.
我家人堅持我應該要上大學。

例2 Sorry, we insisted that all the payment should be paid in advance. It's company policy.
抱歉，我們堅持所有的貨款都必須預先支付，這是公司規定。

解析 當跟動盪地區國家的客戶做生意，或是和信用紀錄不佳的客戶往來時，每一步都得小心翼翼。客戶可能有許多理由告訴我們他們無法先付款，或是開信用狀……等，這時，我方必須堅持insist立場時，可以用 Sorry, we insisted that all the payment should be pre- paid in advance. It's company policy. 這時客戶就能知道，在此事上，我方並不打算讓步。

■ Consider 會在哪幾種情境下出現在業務談判上呢？請參考以下幾
個狀況：

動詞分析與單句解構 ②

1. 認為，看待；當我們 consider 某人／某事是……；我們認為某人／某
事是……

例1 I consider myself a strong and independent woman.
我認為我是個堅強、獨立的女性。

例2 We consider your company a reliable business partner.
我們認為貴公司是間值得信賴的商業夥伴。

解析 這句話說得很正式，我方認為貴公司是值得信賴的。聽到此句，
大部分的客戶都會十分欣喜。

2. 考慮。當我們 consider 某事時，表示我們會認真思考此事。

例 Morgan is being asked to consider a plan to sell their house
because his wife wants to move to Denver.
Morgan 的太太想搬去 Denver，所以要求 Morgan 考慮出售房子的
計畫。

3. 打算，考慮。當我們 consider 去做某事時，表示想做，但是沒有下最
後決定要不要做。

例1 Adam had seriously considered resigning his job.
Adam 很認真地考慮要不要辭職。

例2 We are considering reducing our product lines. However, it will depend on this seasonal sales report.

我們考慮縮減我們的產品線,但是必須看這季的銷售報告才能決定。

解析 若擁有代理權的客戶銷售情況不佳,我方想要縮減代理範圍時,可以用此句。此句關鍵動詞為consider考慮,表示有這樣想,但是不一定會執行此事,若銷售狀況好的話,可能就不做變動。用了consider可以事先提醒客戶,但是又沒有把話說死,是談判好用單詞。

■ Suggest會在哪幾種情境下出現在業務談判上呢?請參考以下幾個狀況:

動詞分析與單句解構 ③

1. 建議某人做什麼事。

句型結構:suggest that someone do something

例 Kelly suggested that we go to the restaurant.
Kelly 建議我們去這家餐廳。

解析 Suggest通常不直接加上N,而是使用suggest that someone do something的句型。

注意 不要將suggest跟Advise搞混。Suggest的建議,僅是提供意見。例句中的Kelly suggested that we go to the restaurant.

Kelly 僅提供一間餐廳給我們參考，至於去不去決定在我們。Advise 是勸告，是說話者認為應該去做某事，如：I advise you go the doctor ASAP. 我勸你趕快去看醫生。

2. 推薦

例 Can you suggest someone to be my tutor? I have to prepare my exam.

你能推薦誰當我的家教嗎？我得準備考試。

解析 這裡的 suggest 當推薦，就可直接加上 N。若是當建議的話，就必須用 Suggest that... 見第一點的例句。

STEP 3 ▶▶ 延伸用法 & show time

看完了 insist、consider 及 suggest 的動詞解析後，開始進階到對話應答囉！將動詞透過對話的模式，再更加充分理解動詞在句子當中所扮演的角色，慢慢地就能學會活用文法。現在來模擬和客戶之間的對話，我們先來看個 NG 版，再思考看看有沒有更好的說法吧！

NG! 對話

Wilson: We received your sample, and are very satisfied with the quality. It's a good start of our cooperation. We consider you as a reliable supplier. And we want to visit you next month, pls advise if the timing is convenience for you.

Carl: Yes. Welcome you. We are happy to know that.

Wilson: Thank you. However, we will insist on inspection before shipment.

Carl: Well, no problem, we can do that.

Wilson：樣品收到了，我們很滿意樣品的品質。這是雙方合作的良好的開始，我們認為你們是可靠的供應商。我們下個月要去拜訪你們，請問你們方便嗎？

Carl：好的，歡迎。我們聽到這消息很開心。

Wilson：謝謝。但是，我們還是堅持要出貨前驗貨。

Carl：好，沒問題。我們可以做到。

NG! 對話解析

看完上面NG的對話，再想想之前的動詞解析，思考有什麼不妥的？試試看，您也可以找出來。

1. We consider you as a reliable supplier. 我們認為你是可信賴的供應商。

   解析 這裡的consider是指認同；若加as則帶有不確定的口氣在，不能加as。

2. We want to visit you next month. 我們下週要去拜訪你。

   解析 此表達方式比較像是在約朋友吃飯。商場上，最好不要這樣說，因為畢竟是國際客戶的交流，要考慮到對方是否有空接待。

3. Welcome you.

   解析 中文說歡迎你，但是英文的寫法並非如此。正確的應該說Welcome. 即可，不能加受詞。

4. We are happy to know that. 我們很高興知道這件事。

   解析 同理，太過口語的對話，請盡量避免，除非客戶跟我們已經十分熟悉像朋友一樣，不然，在商場上，還是該遵守客氣、禮貌的原則。

5. We can do that. 我們可以做到。

   解析 這句話沒有什麼不對但是不適合，應該要確切地說出我們要做什麼，表示客戶的意思我們沒有誤解，有正確的接收到了。

GOOD! 對話

Wilson: We received your sample, and are very satisfied with the quality. It's a good start of our cooperation. We consider you a reliable supplier. And we are considering visiting you next month, please advising if the timing is convenience for you.

Carl: Certainly, welcome. We are pleased to know about your visiting.

Wilson: Thank you. However, we still insist on inspection before shipment.

Carl: Well, no problem, we can arrange the inspection.

Wilson：樣品收到了，我們很滿意樣品的品質。這是雙方合作的良好的開始，我們認為你們是可靠的供應商。我們正在考慮下個月去拜訪你們，請問你們方便嗎？

Carl：好的，歡迎。關於您的到訪我們感到很榮幸。

Wilson：謝謝。但是，我們還是堅持要出貨前驗貨。

Carl：好，沒問題。我們可以安排驗貨。

GOOD! 對話解析

　　該怎麼改才能更通順又可以活用consider這個單字呢？還有在商用英文中，如果面對重要議題時，我們該怎麼回覆客戶呢？請看以下：

1. We will consider you a reliable supplier. 我們認為你們是可靠的供應商

   解析 請先確定要表達的意思是什麼，例句中，要表達的是，我認為你們是可靠的供應商，這時，consider後面就不須加as如：I consider Sam a fool. 我認為Sam是個笨蛋。若是consider後面加as，則要這麼用：Let us consider LoPP as a potential supplier. 讓我們將LoPP列為有潛力的供應商吧。

2. We are considering visiting you next month. 我們正在考慮下個月去拜訪你們。

   解析 這裡我們將want to換成了consider，是不是聽起來正式又客氣呢？一方面我們考慮，表示我們也還沒確定；另一方面，若受訪者剛好不方便時，我們雙方也各有台階可下，免傷了和氣。

3. We are pleased to know about your visiting. 關於您的到訪我們感到很榮幸。

   解析 我們將口語的We are happy to know that換成了好句We are pleased to...我們很欣喜地……。此句在商業書信、對話中都十分實用，請一併記下吧！

4. Well, no problem, we can arrange the inspection. 沒問題。我們可以安排驗貨。

   解析 將do that換成了arrange inspection。在對話中，客戶說堅持驗貨，表示這是一項重要議題，既然重要，我方在回答上就須避免輕巧地回覆「do that」，而是應將客戶的話再好好說一遍，以確定雙方在此議題上達成共識。

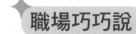

職場巧巧說

　　有時候在談判時，客戶會提出一些要求。我們聽起起可能不是那麼認同，但是客戶又滿堅持的。若此議題不會為我方帶來損失，並僅是稍稍再配合就能達到客戶要求，我方通常都會答應。這時候用If you insist...（若您堅持）就能表達。

Loony: We like to have our tires, 10 pcs in a box, and 10 boxes in a cartoon. The shipping mark will be on the cartoon, too.

Monica: But, in your last email, it said that the packing was 5 pcs in a box, and 10 boxes in a cartoon. Are you sure about it?

Loony: Yes, it's better for selling.

Monica: OK, if you insist. We will arrange packing as your request.

Loony：我們想要我們的輪胎，10個裝一盒，10盒裝一箱，然後外箱上貼上麥頭。

Monica：可是您上封郵件說，5個裝一盒，10盒裝一箱，您確定嗎？

Loony：沒錯，這樣比較好銷售。

Monica：好的，如果您堅持的話，我們會照做的。

　　看出來了嗎？遇到的情況不同，所使用的單詞也不同。什麼時候該用什麼單詞，相信大家看完就比較清楚了。

　　模擬一下自己會面對的場景，套上關鍵單詞，您的會議談判將會更順利！

爭取合作 1
Partnership Establishment

STEP 1 ▶▶ 商業最終目的「談成合作」，先從能夠「爭取合作」的 prove、value、support 這三個動詞發想運用

商業最終的目的就是跟客戶達成合作。每個業務無不卯足全力爭取每一個合作的機會。現在，我們就來看看爭取合作的過程中，有什麼好用的單字。prove、value及support這三個字的字義十分清楚，好發音，亦能在不同情境時，扮演重要角色。

Prove 證明。再厲害的業務，也需要有數據，或是相關資料來證明公司產品品質是好的。唯有透過prove，我方才能更有利的談判，爭取合作。

Value 看重，評價。此字當名詞，相信大家都很熟悉，這個動詞在商業對話中十分可以將我們的善意表達地更傳神哦。

Support 支持。與客戶往來，就是相互支持，獲取應該的利益。沒有了support，是沒辦法爭取到合作的機會的。

注意到了嗎？上面三個單詞都是有正面意象的詞彙。好好學學在商場上如何活用 prove、value及support這三個字；而這類基礎單字在生活中也到處能派上用場，一定要學會！

 ▶▶ 掌握動詞用法：

■ Prove 在哪幾種情境下能幫助我們爭取合作呢？請參考以下幾個狀況：

動詞分析與單句解構 **1**

1. 證明；句型：prove yourself to

    Rick proved himself to be a good leader; his group trusts him.
   Rick 證明自己是個好領袖，他的團隊都很信任他。

2. prove a point (ph.) 證明（自己的能力）（片語）

   例▶ They assembled the car in 2 days just simply to prove a point.
   他們在兩天內就組好那部車只是為了證明自己的能力。

3. 證實。

   例▶ You don't have to worry about the quality because if has been proved that our tea is good for health.
   您無須擔心品質，我們的綠茶被證實對健康有益。

   解析 在談判的過程中，客戶難免對我方的品質有所疑慮。這時候，光靠業務保證還不夠。若我們能說出：You don't have to worry about the quality, our green tea has been proved good for health. 並拿出相關的檢驗報告時，就可以使客戶安心，爭取到合作的機會。

PART **2** 商務英文——專業篇

■ Value 在哪幾種情境下能幫助我們爭取合作呢？請參考以下幾個狀況：

動詞分析與單句解構

1. 給……定價。由專家 value something 決定其價值

   例1 We have applied for a loan; the surveyor is here to value our property.

   我們申請了一筆貸款，調查員來這為我們的不動產估價。

   例2 For the insurance purpose, I have my jewelry valued.

   因為要保險，我把我的珠寶估價了。

2. 看重，重視。若我們 Value 某事／某人，表示某事／某人對我們很重要。

   例1 If you value your health, then you should start quitting smoking.

   如果你重視自己的健康，你就該開始戒菸。

   例2 We value your professional opinion; the new design will be altered accordingly.

   我們很重視您的專業意見，新的設計圖將會依照修改。

解析 看出來了嗎？ Value在日常生活上跟商業對話中都十分實用。
我很看重你的意見（We value your professional opinion.），
所以設計圖將會按照您的意見修改（the new design will be
altered accordingly.）。如此就能在爭取合作上取得先機。

■ Support在哪幾種情境下能幫助我們爭取合作呢？請參考以下幾個
狀況：

動詞分析與單句解構 3

1. 供養，資助

   例 Jason works so hard to support his daughter to study in
   medical school.
   為了供女兒念醫學院，Jason很努力的工作。

2. 支撐。若something supports一個物體，表示其支撐著該物體。

   例 The jack supported the car, so they could change the tire.
   千斤頂撐住車子，所以他們可以更換輪胎。

3. 支持。當我們support某人／某事，表示我們贊同此事，也願意幫忙
   某人，希望他們能夠成功。

   例1 Our manger insisted that we should support the new project.
   我們經理堅持要大家支持新的方案。

   例2 Our company will support you to get the new market; we

PART 2 商業英文──專業篇

will come out a new strategy.

在爭取新市場這件事上，我方會支持貴公司，並且會制定一套新的策略。

解析 當客戶提出市場競爭者激烈，產品銷售出現停頓時，若我方能適時的說出：Our company will support you to get the new market; we will come out a new strategy.「在爭取新市場這件事上，我方會支持貴公司，並且會製定一套新策略。」是不是讓客戶備感窩心呢？如此，客戶自然會跟我們合作。請注意，當我們說出了 support 之後，表示我們真的要做到支持客戶，必須說到做到。有時候，協助客戶處理一些小事，讓他感覺我方是支持他的話，業務往來會更順利哦。

4. 另 support 亦當名詞

例 With our support, you will be able to offer more competitive price in the market.

有了我方的支持，貴公司將能在市場上提供更優惠的價格。

STEP 3 ▶▶ 延伸用法 & show time

看完了 prove、value 及 support 的動詞解析後，開始進階到對話應答囉！將動詞透過對話的模式，再更加充分理解動詞在句子當中所扮演的角色，慢慢地就能學會活用文法。現在來看與客戶的對話，我們先來看個 NG 對話，再思考看看有沒有更好的說法吧！

NG! 對話

Maggie: Glen, the competition in the toy market is fierce. I don't want to cooperate with you. Your price is too high.

Glen: I can understand the competition. However, something is more important than price: it's safety. As you can see, all our toys are shown to be safe for children. You know what parents care most? It's definitely the safety!

Maggie: Maybe you are right, but you have to show me the paper.

Glen: Sure, we will help you with this subject.

Maggie： Glen，玩具市場競爭激烈，我不想跟你合作。你們的價格太高了。

Glen： 我能理解市場很競爭。但是，有件事比價格重要，那就是安全。就如你所看到的，我們的玩具都很安全。你知道家長最關心的是什麼？絕對是安全！

Maggie： 或許你是對的，你得把文件拿給我看。

Glen： 當然，我們會幫你的。

PART 2 會議英文——專業篇

NG! 對話解析

　　在中文的口語表達中，我們常會用直述句的方式，但是在國際商場上，請盡量將話說得婉轉點。現在我們來看看這篇對話有什麼不妥的：

1. I don't want to cooperate with you. 我不想跟你們合作。

   解析　這樣的說法實在太直接了。對方聽了，心裡一定會不舒服。在商業對話中，請避免出現 I don't want to... 這類口語化及表達情緒的句型。

2. All our toys are shown to be safe for children. 我們的玩具都顯示出來他們對兒童都是很安全的。

   解析　情境對話中，Glen 要說明的是玩具的安全性是經過證明的，但在這裡用 shown 顯示這單字，並不適合。

3. Sure, we will help you.

   解析　這裡用 help 強度不夠，讓我們看看後面要怎麼改比較適當。

GOOD! 對話

Maggie: Glen, the competition in the toy market is fierce. I'm afraid that we can't cooperate with you. Your price is too high.

Glen: I can understand the competition. However, something is more important than price: it's safety. As you can see, all our toys are proven to be safe for children. You know what parents care the most? It's definitely the safety.

Maggie: Maybe you are right, but you have to show me the paper.

Glen: Sure, we will support you on this subject.

Maggie： Glen，玩具市場競爭激烈，恐怕我們沒有合作的機會。你們的價格太高了。

Glen： 我能理解市場很競爭。但是，有件事比價格重要，那就是安全。就如你所看到的，我們玩具的安全性是經過證明的。你知道家長最關心什麼？絕對是安全。

Maggie： 或許你是對的，請拿出證據給我看。

Glen： 當然，在這事情上，我們會支持你的。

GOOD! 對話解析 ▶

上面的對話是不是完整多了？那麼該怎麼改才能更通順又可以活用單字 prove 及 support 呢？請看以下解析：

1. I'm afraid that we can't cooperate with you. 恐怕我們無法和貴公司合作。

   解析 這裡我們將 I don't want to 的句型換成了 I'm afraid that we can't... 句型。恐怕我們不能……聽起來是不是較為客氣、有禮呢？語氣緩和了，這樣對方也比較能夠接受。

2. Our toys are proven to be safe for children. 我們玩具的安全性是經過證明的。

   解析 我們將 shown 顯示出，換成了 proven 證明。proven 這個字能夠更有力地說服客戶，因為這項結果是經檢驗或是測試過的，有了相關測試報告，相信客戶必定能夠更安心。

3. Sure, we will support you on this subject. 當然，我們會在此議題上支持您。

   解析 我們將 NG 版的 help 換成了 support 支持。意指我們這此事上會提供必要的協助，且希望客戶能夠成功。

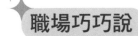

職場巧巧說

在職場上，少不了有時候要抬舉客戶。這時候，value這個字便十分好用。例：As you are a valued customer, I am writing to you to explain the situation. 由於您是我們很重視的客戶，我特地寫信向您解釋狀況。是不是一個簡單的單字，就能稍稍抬舉客戶，也不會失了分寸呢？

在競爭激烈的國際商業中，有許多競爭者。要如何從眾多競爭者脫穎而出，獲得合作的機會呢？除了商品品質好、價格也要合理。更重要的一點，客戶必須相信我們，覺得我方是可靠的合作夥伴，感覺到我方是support支持客戶的，value重視他們的意見。如果能掌握這幾個簡單的單字，加以靈活運用，必能爭取到客戶。

模擬一下自己會面對的場景，套上關鍵單詞，將會更容易爭取客戶合作！！

PART 2 會議英文——專業篇

爭取合作 2
Partnership Establishment

▶▶ 商業最終目的「談成合作」，先從能夠「爭取合作」的 arrange、attend、specialize 另外三個動詞發想運用

在上一篇上我們看過了 prove、value 及 support 這三個字。相信大家應該記住了。本篇再來看看還有什麼動詞能夠幫助我們爭取客戶合作。本篇介紹的單字為 arrange、attend 及 specialize 這三個字，specialize 稍稍長了一點，但是還是可以很明確地發音。

Arrange 安排；整理。跟客戶對談中，常常會使用到 arrange，從安排會面、安排訂單生產，到安排出貨。請您好好掌握此字。

Attend 參加。參加商業活動、大小展覽等等，都會需要用到 attend 這個單字。

Specialize 專精於……。我們要爭取客戶很重要的一點，就是讓客戶相信我們是很專業，在某領域是專精的，如此，客戶就能安心地跟我方購買商品。

好好學學在商場上如何活用 arrange、attend 及 specialize 這三個字，這類基礎單字在生活中也到處能派上用場，一定要學會！

STEP 2 ▶▶ 掌握動詞用法：

■ 究竟arrange在哪幾種情境下能幫助我們爭取合作呢？請參考以下
幾個狀況：

動詞分析與單句解構

1. 籌畫

   例1 Carol arranged an appointment for Monday morning at 9AM. She wants to discuss about the new project.
   Carol籌畫了星期一上午九點的會議，她想要討論新的案子。

   例2 Sandra wants to arrange a family frip to Alaska.
   Sandra想要籌畫個到阿拉斯加的家族旅行。

2. 商定，談妥

   例1 It's arranged that the party would start at 6PM in the King Garden Hotel.
   派對已經安排好了，將在晚上6點，國王花園飯店舉行。

   例2 The new contract is arranged; our boss is very satisfied with that.
   老闆對於合約談妥的結果感到十分滿意。

3. 安排

例1 Don't worry, the restaurant hostess will arrange the table for us.

別擔心，餐廳領枱會安排好我們的座位。

例2 The order TW20150511 is finished. We are about to arrange the shipment. Please arrange the payment ASAP. Thank you.

訂單號TW20150511已經完成，我們即將安排出貨，請即刻安排匯款。謝謝。

解析 從上面的例句我們可以看到arrange是個實用性很強的單字。從日常生活中的事項安排，到國際貿易的出貨。請牢記！

4. 整理、布置

例 The students are asked to arrange their shoes in a row.

學生必須將鞋子一排排地整理好。

■ Attend在哪幾種情境下能幫助我們爭取合作呢？請參考以下幾個狀況：

動詞分析與單句解構 2

1. 去（上學）

例 Leo attended college last summer, so he had already moved out from his parents' house.

Leo去年夏天去上大學了，所以他已經搬離他父母的家。

2. 出席，參加

例1 Jack won't attend our meeting this afternoon; he is on the way to Copenhagen.

Jack將不會參加我們下午的會議，他正在去哥本哈根的路上。

例2 Keith attended the Auto Show in Shanghai last month; he met some tire manufacturers there.

Keith上個月參加了上海的汽車展，他在那裡碰見一些輪胎製造商。

解析 在商場上，另一個遇見新客戶的地方就是各式展覽。許多製造商、貿易商每年編列高額的出差費用，到處去參展。為了能夠讓自家商品曝光、認識新客戶並了解競爭對手。對採購商來說，參展亦是必須且十分重要的。展覽上，有新廠家，新產品及新技術。絕對值得一看，因此，請把參展的動詞記下。

■ 究竟Specialize在哪幾種情境下能幫助我們爭取合作呢？請參考以下幾個狀況：

動詞分析與單句解構 ③

1. 專門。當我們說某家餐廳專門做某一種食材時，我們可以用 specialize這動詞。

例 The Spanish restaurant specializes in seafood.

這家西班牙餐廳專做海鮮。

2. 專精於。當我們說 specialize in 於某事時，表示在某一事上花費許多時間研究，十分的了解。句型：Specialize in + something

例1 Seattle company specializes in coffee bean baking.
Seattle 公司對咖啡豆的烘焙很專精。

例2 Our company has specialized in house application for over 10 years. We have developed many creative products.
我們公司專精於家用電器超過10年，發展出許多創意十足的產品。

解析 遇見客戶要介紹公司時，盡量把公司的專業領域說清楚，讓客戶了解我們的優勢、專業度。避免單介紹公司名而已，最好連公司的營業範圍及專精項目也能簡短清楚說明。

STEP 3 ▶▶ 延伸用法 & show time

　　看完了 arrange、attend 及 specialize 的動詞解析後，開始進階到對話應答囉！將動詞透過對話的模式，再更加充分理解動詞在句子當中所扮演的角色，慢慢地就能學會活用。現在來看看和客戶的對話，我們先來看個NG版，再思考看看有沒有更好的說法吧！

NG! 對話

Kelly: Hi, I'm Kelly, the Sales Representative of High Asia Product. Welcome to join our show. Let me introduce our company to you.

Lori: I'm Lori from Glass Import. I see you have some quality hardware. Are you a Taiwanese manufacturer?

Kelly: Yes, we are a Taiwanese manufacturer; our company is very good at hardware. Sit down. Let me show you.

Lori: Is there another Taiwanese hardware manufacturer: Quality Asia? They have the same product as you do. I'm confusing.

Kelly: Yes, that's our subsidiary.

Kelly：嗨，我是Kelly，High Asia公司的業務代表，歡迎加入我們的展覽，讓我介紹我們公司給您認識。

Lori：您好，我是Glass公司的Lori，我看到你們有些品質很好的五金。你們是台灣的製造商嗎？

Kelly：是的，我們是台灣製造商。我們公司對五金很在行。坐下。我來跟你介紹。

Lori：是不是有家台灣的五金製造商叫Quality Asia？他們產品跟你們一樣。我不清楚。

Kelly：有的，那是我們子公司。

PART 2 商務英文──專業篇

NG! 對話解析

　　在學習英語的過程中，我們不太去區分什麼動詞是商用英文使用，所以常常用了許多生活用的動詞，現在我們來看看這篇對話有什麼不妥的：

1. Welcome to join our show.

   解析 這裡的 show 指的是貿易展，而不是什麼唱歌，跳舞的表演。所以用 join 並不適合。Join 的用法可以是：We are going to picnic , do you want to join us ? 我們要去野餐，要一起去嗎？

2. Sit down. 坐下

   解析 請別這樣跟客戶說話。通常我們會直接說出 sit down, stand up. 是以上對下。類似老師給學生下達命令句。在商場上，您的好意還有更好也簡單的說法哦，繼續看下去就知道。

3. I'm confusing. 我很困惑

   解析 Confusing 應該是用來形容事物，而非形容人。

4. Our company is very good at hardware. 我們公司對五金很在行。

   解析 這裡用的 good at 比較適合用於日常生活對話。如：Melinda is really good at driving. Melinda 車開得很好。但是在商場上就比較不適合。

GOOD! 對話

Kelly: Hi, I'm Kelly, the Sales Representative of High Asia Product. Welcome to attend our show. Let me introduce our company to you.

Lori: I'm Lori from Glass Import. I see you have some quality hardware. Are you a Taiwanese manufacturer?

Kelly: Yes, we are a Taiwanese manufacturer; our company specializes in hardware. Please take a seat. Let me show you.

Lori: Is there another Taiwanese hardware manufacturer, Quality Asia? They have the same product as you do. I'm confused.

Kelly: Yes, that's our subsidiary.

Kelly: 嗨,我是Kelly,High Asia公司的業務代表,歡迎出席我們的展覽,讓我介紹我們公司給您認識。

Lori: 您好,我是Glass公司的Lori,我看到你們有些品質很好的五金。你們是台灣的製造商嗎?

Kelly: 是的,我們是台灣製造商。我們在五金上十分專精。請坐,我來跟你介紹。

Lori: 是不是有家台灣的五金製造商叫Quality Asia?他們產品跟你們一樣。我有點搞混了。

Kelly: 有的,那是我們子公司。

1. Welcome to attend our show.

   解析 我們把 join 換成了 attend 出席。較為正式的說法。

2. Please take a seat. 請坐。

   解析 將動詞前面加入 Please 是不是聽起來客氣多了？或是可用 Please, have a seat. 會比 sit down 的命令句好多了哦。

3. I'm confused. 我很困惑。

   解析 句　型 S + be + confused. 如：The client had changed his schedule three times, so Jason is confused. He doesn't know when the client will arrive. 客戶行程改了三次，把 Jason 搞糊塗了。他不知道客戶幾點會到。比較：句型 Confusing 形容事情。如：The client had changed his schedule three times. It's so confusing. So, Jason doesn't know when the client will arrive. 客戶行程改了三次，這讓人很困擾。所以 Jason 他不知道客戶幾點會到。看出來了嗎？這兩個句子意思相同，但在形容人時我們用的是 confused（某人覺得困惑）；形容事情就改用 confusing. 再來看一組例句，就一定不會搞錯：

   例 1 I'm confused about the test result. 我對測試結果感到很困惑。

   例 2 若是形容事情則為 It's confusing. 這讓人困惑。The confusing result bothers me. 這令人困惑的結果讓我覺得很煩。

4. Our company specializes in hardware. 我們公司專精五金。

   解析 我們將 good at 換成了 specialize in。在之前的單詞介紹裡有說到，specialize in 有多年致力於的意思，所以當然比簡單的 good at 更能深切的表達公司專精於五金，如此也更能爭取到與客戶合作的好機會。

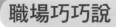

職場巧巧說

　　在商業對話中，最需要技巧的應該算催款吧。在下訂單生產的過程中，常常是客戶不斷地催促供應商要早日完成貨物，提早交貨才能趕上船期，每日每日交代事項。可是，當貨物完成時，供應商必須先收到貨款，或是信用狀才能安排出貨時，客戶卻又回覆的很慢，或不見蹤影，實在讓人心急。

　　這時候，我們該怎麼催款呢？請千萬不要用Please pay for your order.。這英文的感覺比較像是「請付帳」！這時我們剛學到的arrange就能派上用場。請看例句：

例1　The 300 pcs luggage are finished. Please arrange the payment.
300個行李箱已經完成了，請盡速安排貨款。

例2　The 1000 buckles are finished. Please arrange the L/C ASAP.
1000個釦具已經完成，請盡快安排信用狀。

　　用了arrange聽起來是不是十分合理跟通順呢？

　　看完了arrange、attend及specialize的單詞解釋跟例句，是不是清楚多了呢？如果能掌握這幾個簡單的單字，模擬一下自己會面對的場景，套上關鍵單詞，加以靈活運用，必能更容易爭取與客戶合作的機會！

PART 2 會議英文──專業篇

Unit
21
參加展覽 1
Attending Exhibitions

STEP 1 ▶▶ 外貿參展，掌握關鍵參展狀況，先從 notice、focus、devote 這三個動詞發想開始

　　國際貿易中，如何能夠認識國外客戶呢？相信大家都很好奇。除了透過一般的黃頁廣告、B2B網站、所提供的商業平台之外，最重要的，亦是最傳統的就是參加商展。

　　我國的外貿協會每年都會針對不同產業而推出不同地區的商展。貿易商或供應商報名跟著貿協到世界各地去參展，向世界各國採購商展現自家最新商品，增加自己公司的知名度、能見度。而採購商參展則可認識新廠商、新產品、新技術等，因此國際上常常有許多重要的展覽，都是各行各業的年度盛會，必須參加。

　　面對參展，不論您是供應商或是採購商，除了要對自己產品有充分地準備之外，還要如何跟國外客戶應對呢？本系列共有3篇，將介紹9個動詞，讓我們一起來看看什麼單詞參展時能派上用場吧！！

►► 掌握動詞用法：

■ 究竟Notice在哪幾種情境下能在參展時派上用場呢？請參考以下幾個狀況：

動詞分析與單句解構

1. 注意

例1 Larry didn't notice the car because he was too engrossed on the phone.
Larry沒有注意到車子，因為他太專心在講電話。

例2 We have noticed that the price list was adjusted since last month. It's not acceptable. Please revise it.
我們注意到價格表從上個月起有變動了，新的價格表我們無法接受，請調整。

例3 Marvin has noticed that the client walked by his booth 3 times.
Marvin注意到那位客戶經過他的攤位三次了。

解析 在參展時，每個公司都有自己的攤位，攤位上有各個公司的最有特色、最新，或是最經典的產品。這些布置，都是想要吸引採購商注意，前來洽談。當客戶被吸引到攤位時，這時我們就要準備好跟客戶交談了。這時，我們可以用 "Sir, I notice that you are interested in our products. Please take a seat. Let me

PART 3 談成生意——做業篇

introduce our company to you." 「先生，我留意到您對我公司產品有興趣，請坐，讓我為您介紹我們公司。」為開場。

2. 察覺；發現

例1 I notice that our neighbor is still awake; we should keep our voice down.
我發現到我們鄰居還沒有就寢，我們應該要安靜點。

例2 The scientists noticed that there were unusual activities of the volcano, so they issued a danger warning.
科學家察覺火山有不尋常的活動，所以他們提出危險警告。

■ 究竟 Focus 會在哪幾種情境下在參展時派上用場呢？請參考以下幾個狀況：

動詞分析與單句解構 ②

1. 聚焦

例 Amy can't focus her eyes well; the sun light gets into her eyes.
Amy 眼睛無法聚焦，太陽光照到他眼睛了。

2. In focus 受關注的

例 This agreement is very critical; we like to keep that in focus.
這合約至關重要，我們希望它能繼續受到關注。

3. 關注〔(focus ＋ on)〕

　例1 We should focus on China market. The China economy has grown so fast for the past years.
　　我們應該關注中國市場，中國經濟在這幾年成長快速。

　例2 The product manager focused on the market research. He wants to find out the most popular item.
　　產品經理專注於市場調查報告，他想找出市場上最受歡迎的產品。

　解析 參展時，遇到對我方產品有興趣的客戶時，我們可以趁此機會，好好介紹公司產品。但是也請盡量把重點指出，例如：Our product strategy is focusing on new product development. 我們公司策略專注新產品開發。這樣在眾多的競爭者中，有自己的特色，強項，比較能夠打動客戶，留下好印象哦。

■ 究竟 Devote 在哪幾種情境下在參展時派上用場呢？請參考以下幾個狀況：

動詞分析與單句解構

1. 奉獻

　例 Dr. Lee had devoted the rest of his life to improving the new medical technology.
　　李博士為了新的醫療技術，奉獻了自己的餘生。

2. 投入（時間，精力等）。釋義：我們投入大量的時間，精神於某事上。

例1 Amy started to devote her energies to real estate business.
Amy開始將她的精力投入不動產事業上。

例2 Webber decided to devote himself to his career, so he is still single.
Webber決定將精神跟時間投入工作之中，所以他一直單身。

解析 Devote是一個很嚴肅的單詞，它代表某人很認真，不計結果地投入時間與精神去研究某事。有種奉獻、犧牲的意味在裡面。當用在商場時，我們多半會於形容有公司致力於研究新產品、新科技等，且為了此項研究，可以不計成本，投入許多人力、物力的地步。所以我們可以跟客戶說Our company has been devoting considerable resources to develop new technology.我們公司在新技術開發上投入可觀的資源。

STEP 3 ▶▶ 延伸用法 & show time

看完了notice、focus及devote的動詞解析後，開始進階到對話應答囉！將動詞透過對話的模式，再更加充分理解動詞在句子當中所扮演的角色，慢慢地就能學會活用文法。現在來看看和客戶的對話，我們先來看個參展NG版，再思考看看有沒有更好的說法吧！

NG! 對話

Marvin: Good morning. I can see you are looking at our belt. Do you like it?

Mohamed: I'm Mohamed, from Fashion King. Your belt design is very good. I like it.

Marvin: Good. These are the 2015 new design. You see: there are synthetic gemstones on it.

Mohamed: Very good. In Egypt, our client like glittering thing.

Marvin： 早安，我看到你在看我們的皮帶，喜歡嗎？

Mohamed： 我是Mohamed，來自Fashion King公司。你皮帶設計得很好，我喜歡。

Marvin： 很好，這些是2015年新款，你看，上面還有人造寶石。

Mohamed： 很好，在埃及，我們客戶喜歡閃亮的東西。

NG! 對話解析

　　會不會覺得上面NG對話看起來很不正式，一點都不像是國際參展，反而有點像市場兜售商品感覺呢？既然我們是代表公司出國參展的，那麼就請拿出專業吧！！

1. I can see you are looking at our belt. Do you like it ? 我看到你在
   看我們的皮帶，喜歡嗎？

   解析　這整句話的文法結構無誤，也算通順。但是在參展的會場上說卻
   很不合時宜。Do you like it? 整句聽起來有點小販在兜售商品
   的味道。再者，要跟客戶再進一步交談前，務必要自我介紹，此
   NG 對話中，供應商一開始就忘記跟客戶介紹自己公司了。

2. Good. These are the 2015 new design.

   解析　這些是 2015 年的新設計，這句話過於平實，我們在參展中，有
   許多競爭者，請使出全力氣來招攬客戶，對於商品要再多一點吸
   引人的敘述。

3. Our client like glittering thing.

   解析　我們應該避免使用 thing 這類不確定的名詞。請說出正確、具體
   的名詞。

GOOD! 對話

Marvin: Good morning. I'm Marvin Chang from Good Plastic. I notice that you are interested in our belt. Please take a seat.

Mohamed: Good morning. I'm Mohamed, from Fashion King. Your belt design is very attractive. I'm impressed.

Marvin: Thanks. These are the 2015 latest design. As you can see, they are embossed with synthetic gemstone.

Mohamed: Very good, in Egypt market, most clients prefer the glittering belt.

Marvin： 早安，我是 Good Plastic 公司的 Marvin Change，我注意到您對我們的皮帶很感興趣，請坐。

Mohamed： 我是 Mohamed, Fashion King 公司的。貴公司皮帶的設計的很吸引人，讓人印象深刻。

Marvin： 謝謝，這些是 2015 年的最新款。如您所見，上面還鑲有人造寶石。

Mohamed： 很好，在埃及市場裡，我們客戶喜歡閃閃發亮的皮帶。

PART **3** 談成生意——破除篇

GOOD! 對話解析

　　經過修正的商業對話看起來是不是完整多了？我們沒有使用艱澀的單字或是複雜的文法，而是告訴您參展時的開場對話應該怎麼說才能好好介紹公司與產品，給客戶留下好印象。

1. I'm Marvin Chang. I notice that you are interested in our belt. Please take a seat.

   解析 打完招呼後，馬上自我介紹，再接著說"I notice that you are interested in our belt"「我注意到您對我們皮帶很感興趣。」這時我們用了notice留意，這個單詞。Please take a seat. 請坐。參展就怕客戶在攤位前晃了一晃就離開了，這樣我們根本沒有機會介紹、說明產品。最好的方法是，客戶肯坐下來，好好地聽我們的介紹，這樣才能有機會合作。

2. Your belt design is very attractive.

   解析 這裡，我們將普通的形容詞good換成了attractive，整個句子看起來會比較適當。

3. These are the 2015 latest design.

   解析 new design換成了latest design最新設計。供應商想採購的商品，一定是最新的、最好的。當我們推出一項新產品，請把握這難得的機會，好好地宣傳一番，為自己爭取合作的機會。

職場巧巧說

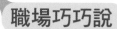

Notice除了當動詞的注意，留意之外。當名詞在職場上亦有妙用：

Notice通知，用法如下：

> 例 Melinda just informed us that she won't be here this afternoon; however, we are unable to find a replacement at such a short notice.
>
> Melinda剛通知我們她下午不能過來了，但是在這短的時間內我們找不到代替的人。

其中的 short notice 指臨時通知／緊急通知

> 例1 Thanks for coming at such short notice.
>
> 謝謝您在臨時通知下趕過來。

> 例2 We can't set a meeting at such short notice
>
> 在這麼緊急的通知下，我們沒辦法安排會議的進行。

另Notice亦可當離職通知：

> 例 I'm sorry that I'm going to resign my job. It's my 2 weeks notice.
>
> 很抱歉，我要離職了。這是我的離職前2週通知。

看了notice、focus及devote的動詞解析與對話後，模擬一下自己會面對的場景，並套上關鍵單詞，自己試試看，若在展覽上遇到客戶時該怎麼說。

Unit 22

參加展覽 2
Attending Exhibitions

STEP 1 ▶▶ 外貿必須要參展,掌握關鍵參展狀況,少不了要從 reach、send、order 這三個動詞發想開始

上一篇中,我們看了 notice、focus 和 devote 這三個動詞。這三個動詞幫我們將顧客留下來細談。接下來還有什麼動詞能夠幫助我們呢?這篇使用的動詞是 reach、send 及 order。

Reach 達到,在此我們要著重於達成合約的用法。Send 寄送。貿易的過程中,在達成共識之前,常常要寄送我方的目錄、樣品……等給客戶參考,或是作為品質確認。Order 訂單、訂購。其實 order 這個單詞很簡單,但是用法可多呢,此篇中我們僅就常會用到的幾個用法說明,希望大家可以好好掌握。

學習在商場上如何活用 reach、send 及 order 這三個動詞,這類基礎單字在生活中也到處能派上用場,一定要學會!

STEP 2 ▶▶ 掌握動詞用法:

■ 究竟 Reach 在哪幾種情境下能在參展時及商場上派上用場呢?請參考以下幾個狀況:

動詞分析與單句解構 ①

1. 以手觸及

   例 ▶ Maggie reached into her handbag and handed me her business card.

   Maggie伸手到她皮包裡，拿出了一張名片給我。

2. 到達，抵達。reaches一個地點。

   例1 ▶ It's snowing badly. When the bus finally reached the station, passengers started to get on the bus.雪下的很大，當公車終於到站時，乘客們開始上車。句型結構為：something＋reach...。

   例2 ▶ Ivan reached the factory before PM5; however, the client already had left there. Ivan下午五點前到工廠去，然而客戶早已離開那裡。句型結構為：someone＋reach...。

3. 比較：reach和arrive in

   解析 ▶ reach到達。後面多接名詞或代名詞，強調達到某處需要耗費力氣。而arrive的到達，表示一種狀態，如：The customer arrived in Taipei last Monday.客戶上週一到台北了。

4. 聯絡（通常是指電話）

   例 ▶ We tried to reach Mr. Webber but in vain.我們試著和Webber先生連絡，但是沒成功。

   解析 ▶ 這邊的reach的用法很特別，當聯絡使用。參展時我們可以跟客

戶說 This is my business card. You can reach me by phone if there is any question about our products. 這是我的名片，若有任何商品問題，您可以透過電話跟我聯絡。

5. 達成（決議）；意見一致

> 例 Marvin and Mohamed have reached an agreement.
> Marvin 跟 Mohamed 達成了協議。

> 解析 reach 的第四種用法在參展上最為重要，因為當我們跟客戶達成協議，即表示雙方在某事上已經取得共識了。

■ 究竟 Send 在哪幾種情境下能在參展時及商場上派上用場呢？請參考以下幾個狀況：

動詞分析與單句解構 ②

1. 寄送

> 例 A: We need 2 samples of your buckle. Can you arrange that?
> B: No problem, we will send these samples next week.
> A：我們需要 2 個釦具的樣品，您能安排嗎？
> B：沒問題，下星期可以為您寄出。

2. 派遣

> 例 Marvin is too busy to attend the meeting, so he sent Kelly to it.
> Marvin 忙到沒空出席會議，所以他派 Kelly 去。

3. 傳送

例 The new manager is sending a message that they won't make a concession during the meeting.

新的經理傳達的意思是，在會議上他們將不會有任何讓步。

解析 Send這單字十分簡單跟實用。在參展時，客戶可能會表示對某某產品有興趣，希望我方能另外提供樣品給他，只要是合情合理的要求，這時候，我們就可以回答No problem, we will send the samples to you.沒問題，我們會寄樣品給您。

■ 究竟Order在哪幾種情境下能在參展時及商場上派上用場呢？請參考以下幾個狀況：

動詞分析與單句解構 ③

1. 為了、以便；句型：In order to

例1 Jason works very hard in order to achieve the sales goal.

為了達成營業目標，Jason工作十分努力。

例2 In order to get a marathon prize, Owen starts to practice running.

為了得到馬拉松獎品，Owen開始練習跑步。

解析 當in order to擺在句首表示目的時，我們可以省略in order，直接用to放在句首。第二例句可改為To get a marathon prize, Owen starts running.意思是一樣的。

2. 命令

例▶ She ordered those kids to finish their lunch ASAP.
她命令這些小孩快快吃完午餐。

解析 此用法多為軍隊由上下達命令。目前此用法較為少見。

3. 點餐

例▶ I'd like to order a cheese burger with fries. Thank you.
我要點起司漢堡和薯條，謝謝。

解析 這個 order 的用法，相信大家都最為熟悉。每每出國時用餐時，
餐廳的服務生會問 What do you like to order? 請問您要點什麼？

4. 訂購

例▶ We would like to order 1000 meters zipper No.5, black. Thank you.
我們要訂購 1000 米的 5 號拉鍊，黑色。謝謝。

解析 Order 當訂購、下訂單的意思。參展時，若雙方會談順利，客戶
滿意我方的品質、價格，有可能會進一步談到下單的事宜，還說
了 We would like to order 1000 meters zipper No.5 , black.
恭喜您！！您剛做成了一筆生意。

STEP
3 ▶▶ 延伸用法 & show time

看完了 reach、send 及 order 的動詞解析後，開始進階到對話應答囉！

將動詞透過對話的模式，再更加充分理解動詞在句子當中所扮演的角色，慢慢地就能學會活用文法。現在來看看和客戶的對話，我們先來看個NG版，再思考看看有沒有更好的說法吧！

NG! 對話

Marvin: We have some quality zipper and buckle. Maybe you are interested in those products.

Mohamed: Yes, I want to buy 5000 meters zipper.

Marvin: I'm happy you made the decision.

Mohamed: Can you send me some samples to our Cairo factory?

Marvin: I don't know. I check with our factory and call you. How can I find you?

Mohamed: There is my cell phone number on the business card.

Marvin： 我們有些品質良好的拉鍊跟釦具，或許您會有興趣。

Mohamed： 好，我要買5000米拉鍊。

Marvin： 我很高興你下了決定。

Mohamed： 可以寄些樣品到我們開羅的工廠嗎？

Marvin： 我不知道，我問完工廠再打電話給你。

我怎麼找你？

Mohamed： 名片上有我手機電話。

PART **3** 談成生意——破梗篇

NG! 對話解析

　　參展跟客戶交談時，我們僅有短暫的時間能夠留住客戶，這時，我們說話的內容決定了客戶是否有意願繼續詳談，而表現出專業度也十分重要。

---

1. I want to buy 5000 meters zipper. 我想買 5000 米拉鍊。

　解析 既然我們都學了 order，就請好好利用它。雖然我們受中式英文的影響，講買賣，腦袋裡第一個想到的就是 buy and sell，但是請避免用 buy 或 sell 這類太口語的動詞。

2. You made the decision. 你下了決定。

　解析 這句話給人的感覺比較傾向於客戶自己要下此決定，而跟我方沒有關係。但是，事實上，商業買賣一定是雙方達成共識才有可能成立。

3. I don't know.

　解析 再次提醒，不要說出 I don't know. We don't know. 這類的句子。有些狀況我們真的手邊沒有資料時，我們可以跟客戶說我去查清楚再回覆您，說出 I don't know，有損專業度。

4. How can I find you? 我怎麼找你？

　解析 有點詞不達意。原對話中，Marvin 本是想問怎麼連絡 Mohamed，而不是真的去哪裡找到 Mohamed。

GOOD! 對話

Marvin: We have some quality zipper and buckle. Maybe you are interested in those products.

Mohamed: Sure. I'd like to order 5000 meters zipper.

Marvin: I'm glad that we have reached an agreement.

Mohamed: Can you send some samples to our Cairo factory?

Marvin: Let me check with our factory and call you later. How can I reach you?

Mohamed: There is my cell phone number on the business card.

Marvin： 我們有些品質良好的拉鍊跟釦具，或許您會有興趣。

Mohamed：當然，我想要訂購5000米的拉鍊。

Marvin： 我很高興我們能達成共識。

Mohamed：可以寄些樣品到我們開羅的工廠嗎？

Marvin： 讓我問問工廠，晚點再回覆您。

我怎麼連絡您呢？

Mohamed：名片上有我手機電話。

PART **3** 談成生意──業務篇

GOOD! 對話解析

　　該怎麼改會更專業又可以活用 order 及 reach 這兩個單字呢？請看以下：

---

1. I'd like to order 5000 meters zipper. 我想要下單 5000 米的拉鍊。

   解析 句型 I'd like to... 我想要……此為表達自我意見的客氣說法。這裡亦將 buy 換成了 order。

2. We have reached an agreement. 我們達成協議了。

   解析 將客戶單向的決定 decide 換成了雙方共同決議的 agreement。此例句十分好用，請記下來。若客戶尚未有任何表示時，我們可以補上一句：I hope we can reach an agreement today. 我希望我們今天能夠達成共識。以此句釋出善意。

3. How can I reach you?

   解析 我如何聯絡您？將 find 換成了 reach，更能貼切表達哦。

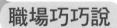

職場巧巧說

　　本篇的三個單詞reach、send及order中，最複雜的應該是order。

　　其中order有個十分實用的片語out of order故障。

　　例 The fax machine is our of order. Please call the maintenance department to fix it.這傳真機故障了，請打電話給維修部來修理。公司若有設備故障時，不要說broken哦，記得out of order才是聰明用法。

　　看完了reach、send及order的單詞解釋跟例句，是不是清楚多了呢？如果能掌握這幾個簡單的單字，模擬一下自己會面對的場景，套上關鍵單詞並加以靈活運用，必能在展覽上爭取到客戶。

參加展覽 3
Attending Exhibitions

STEP 1 ▶▶ 外貿最重要的就是參展，參展準備過程從 demonstrate、set、secure 這三個動詞發想開始

傳統的重要展覽，如中國的廣交會、德國法蘭克福展，到最新科技的拉斯維加斯 CES 大展……等都是在業界享有盛名的，各相關的廠商、採購商無不早早就做好年度計畫，準備要參加。

參展除了要面對客戶之外。還有一件重要的事就是事前準備。事前準備包含了解各行業重要展覽的開始日期、供應商報名參加、預定攤位、寄送樣品（因為有些產品太大，無法隨行李帶去，必須於參展 1～2 週前由海運送達）、到會場布置……等，這些都必須按步驟進行。

本篇選的動詞為 demonstrate 展示。參展最重要的就是展出公司最新、最暢銷的產品，所以請牢記此字吧。

set 布置。布置攤位的重要動詞，也是我們在商業書信中常會用到的單字，十分簡短卻實用哦。

secure 確保。在會場善用此字，可以在簡短的對話中，增加客戶對我們的信心。現在，我們就來看看這三個單字吧。

STEP 2 ▶▶ 掌握動詞用法：

■ 究竟 demonstrate 在哪幾種情境下有什麼用法？參展時及商場上又如何派上用場呢？請參考以下幾個狀況：

動詞分析與單句解構 1

1. 表露；顯示。當 demonstrate 某種技能時，表示藉由顯示這技能，而證明自己擁有該技能。

    The China government keeps demonstrating its military power.
   中國政府不斷展示其軍事力量。

2. 示威、遊行

    Thousands of people are demonstrating for the nuclear policy.
   數千人正為了核能政策而示威遊行。

3. 證明

    The study has demonstrated a direct link between sleep-disorder and depression.
   研究證明睡眠失調跟憂鬱症有關。

PART 3 讓成生意——磨練篇

4. 演示

例▶ The salesman is trying to demonstrate the sample to the clients.
銷售員正在向客戶展示樣品。

解析 這裡的 demonstrate 表展示，正是我們參展上會用到的動詞。
如：Jason is demonstrating the new toy to the client. Jason
正在客戶展示新玩具。

在參展時，供應商帶去參展的商品，都是最新最好的商品，才
能吸引客戶。當客戶靠近攤位時，我們適時的說 " Are you
interested in our latest product ? Let me demonstrate it for
you." 「對我們最新的感品有感興趣？讓我展示給您看看。」這時
在請客戶移步至攤位裡，趁著商品展示時，多跟客戶聊聊，以增
加彼此的認識，交換資訊等。

■ 究竟 Set 在哪幾種情境下有什麼用法呢？參展時及商場上又如何派
上用場？請參考以下幾個狀況：

動詞分析與單句解構 ②

1. 設置

例▶ Jerry set an alarm clock; he has an early meeting tomorrow.
Jerry 設了一個鬧鐘，他明天早上有早會。

2. 決定（目標、價格或是日期）

例▶ The manager has set a budget for next year.
經理已經決定好明年的預算了。

3. 布置

例 The show will open tomorrow; all the suppliers have set their booths.

展覽明天就開始了，供應商都已經布置好攤位。

解析 展覽前最重要的就是布置攤位了。供應商應提早1~2天抵達會場。將要展示的樣品擺好，布條掛上，確認好路線、電壓等。越是準備充足的供應商，參展時就越能輕鬆掌握好現場狀況。當我們說出 We have set everything for the exhibition.「我們為展覽作好了一切的準備。」，意指所有的事情都安排好了。當攤位未設置好時，We should set the booth asap. The exhibition will start tomorrow morning.「我們應該盡快將攤位擺好，展覽明天一早就開始了。」。

■ 究竟Secure在哪幾種情境下有什麼用法呢？參展時及商場上又如何派上用場？請參考以下幾個狀況：

動詞分析與單句解構 ③

1. 保護

例 The apartment is secured by famous security company; therefore, it's very expensive.

這公寓由知名的保全公司保護著，所以其售價高昂。

2. 確保

例1 It's necessary to secure all the windows are shut during the typhoon is coming.

在颱風來時，必須確保窗戶都是緊閉的。

例2 We will secure that all items will be inspected before shipment.

我們將會確保所有產品在出貨前都會檢驗。

3. 獲得；爭取。當我們 secure 某項東西而獲得時，表示是透過許多努力而得到的。

例1 The students continued their efforts to secure practice opportunity.

學生們不斷地努力，以爭取實習的機會。

例2 Peter's perfect proposal helped him secure the order.

Peter 完美的提案幫助他爭取了訂單。

STEP 3 ▶▶ 延伸用法 & show time

看完了 demonstrate、set 及 secure 的動詞解析後，開始進階到對話應答囉！將動詞透過對話的模式，再更加充分理解動詞在句子當中所扮演的角色，慢慢地就能學會活用文法。現在來看準備參展的對話，我們先來看個 NG 對話，再思考看看有沒有更好的說法吧！

NG! 對話

Marvin: Good morning. I'm Marvin Chang, from Good Plastic. Where is our booth ?

Information: Let me check. Marvin, your booth is K20, down that way.

Marvin: And where are our samples? Did you see my samples? We had sent them a month ago from Taiwan.

Information: Yes, these boxes are in here. You should get yourself ready. The show will start tomorrow.

Marvin：早安，我是 Marvin Chang，Good Plastic 公司。
我們攤位在哪裡？

服務中心：我查查看，Marvin。你的攤位在 K20，從這邊走下去。

Marvin：我們樣品在哪裡？你有看到我的樣品嗎？我們一個月前
從台灣寄出了。

服務中心：有的，樣品在這裡。你自己要準備好，
展覽明天就開始了。

NG! 對話解析 ▶

　　有沒有覺得NG對話很像朋友在聊天呢？在參展時可不能這樣說話的，請拿出專業度吧！

---

1. Where is our booth? 我們攤位在哪裡？

   解析 通常我們不會這樣使用疑問句。若出國迷路要問路時，我們會說 "Excuse me. Do you know where the Great Museum is? "「抱歉，請問您知道大博物館在哪嗎？」，而不會說 "Where is the Great Museum ? "這樣的直接問句顯得很不客氣。

2. Marvin, your booth is K20. Marvin，你的攤位是K20。

   解析 在正常的情況下，Marvin跟櫃台不熟，應該保持客氣禮貌的稱呼，不能直呼其名，還是該說Mr. Chang比較恰當。跟國外客戶往來時，除非客戶跟我們十分熟悉，我們才能直呼其名。

3. Where are our samples? Did you see my samples? 我們的樣品在哪裡？你有看到我的樣品嗎？

   解析 請注意，在國際展覽上，您的一舉一動及代表著貴公司。所以不只衣著要得體，說話也要特外留意。我們不能像這樣跟展覽工作人員說話。

4. These boxes are in here. 這些箱子在這裡。

   解析 此為錯誤用法，我們可以說 These boxes are here. 即可。Here前面無須加in。現在我們再來看看，正式參展的商業對話，應該怎麼說比較合適

GOOD! 對話

Marvin: Good morning. I'm Marvin Chang, from Good Plastic. Where can I find my booth ?

Information: Let me check. Good Plastic, Yes. Mr. Chang, your booth is K20, down that way.

Marvin: Excuse me. Did our samples arrive? We had sent them a month ago from Taiwan. There are totally 2 boxes.

Information: Yes, these boxes have arrived and they are on your booth now. You should set your booth asap and secure all the details are confirmed. The show will start tomorrow morning.

Marvin： 早安，我是Good Plastic的Marvin Chang，請問到哪能找到我的攤位？

Information： 讓我查查，Good Plastic。有了，張先生，您的攤位在K20，從這直走就是了。

Marvin： 請問，我們的樣品到了嗎？我們一個月前就從台灣寄出了。一共有兩個箱子。

Information： 是的，這些箱子已經抵達了，而且送到您攤位上了。您應該最好盡快將攤位布置好，並確認所有細節。展覽明天就開始了。

PART 3 談成生意——破冰篇

GOOD! 對話解析 ▶

　　善用間接問句就能夠修飾語氣，那麼該怎麼改才能更專業又可以活用 set 這個單字呢？請看以下：

1. Where can I find my booth？請問我的攤位在哪裡？

　(解析) 這裡我們將直接疑問句改成了間接疑問句來修飾語氣。當我們要詢問地點時可以用以下

　　　句型1：Excuse me, where can I find the...請問，……在哪？例：Excuse me. Where can I find the bus station? 請問，公車站在哪？

　　　句型2：Excuse me. Do you know where...抱歉，請問你知道……在哪裡嗎？例：Excuse me, do you know where the bus station is?抱歉，請問您知道公車站在哪嗎？

2. You should set your booth asap.您應該盡快將攤位布置好。

　(解析) 句型：set the booth 布置攤位。例：Marvin spent 2 hours setting the booth. Marvin花了兩個小時布置攤位。

職場巧巧說

Secure一字其實也當形容詞，其意思為：可靠的、穩定的，
而且用法很多。

例1 ▶ When we apply for a loan, the bank will demand for secure income and employment statement.

當我們要申請貸款時，銀行將會要求一份穩定的收入跟工作證明。

例2 ▶ If you can cooperate with our company, we can ensure you a secure future.

如果您能跟我們合作，我們將能確保貴公司穩固的未來。

商場上，不論是供應商或是採購商，都是在尋找適合的合作夥伴。雖偶有不肖商人的傳聞，但是大部分的商人都是正直且希望找到能夠安心合作的好廠家。

參展時，除了秀出我們的優良產品以及最新技術之外，更重要的，是要讓客戶覺得我們是誠信可靠的夥伴。這時可多多利用secure這次來加強客戶對我們的信心。

看完了demonstrate、set及secure的動詞解釋跟例句，是不是清楚多了呢？如果能掌握這幾個簡單的單字，模擬一下自己會面對的場景，套上關鍵單詞並加以靈活運用，必能在展覽上爭取到與客戶合作的機會！

PART 3 談成生意──破款篇

Unit
24
社交應酬 1
Social Events

 ▶▶ 與客戶用餐為社交應酬的範疇，如何應對得宜，先從 meet、appreciate 及 regret 這三個動詞發想開始

　　國際貿易常有國外客戶來訪，一般依國情不同，我方的招待方式也不同。若是已有生意上往來重要客戶，通常我們會安排接機、送客戶到飯店，到隔天進辦公室開會或是安排工廠參觀、用餐等。若是根本就不熟的客戶，可能就請客戶自己到飯店安頓好，我們再安排接送等。

　　歐美國家的客戶比較傾向公事公辦，開完會把事情交代清楚即可。而中東或是東南亞的客戶，則除了談公事之後，還會希望買些3C產品回去。這時，基於禮貌，接待業務會帶客戶去這類的賣場。但是，要不要陪客戶逛、幫忙殺價……等，就端看與客戶的交情了。

　　不論如何，總是要招待客戶好好用餐。稍稍聊天、談談公事，或是交換各國風俗民情……等，這時，業務扮演的角色又是另外一種，除了做個好聽眾之外，更要能適時地跟客戶說上幾句。

　　此篇介紹單字meet遇見、appreciate感激及regret後悔。我們先介紹這三個單字的基礎用法，再來看看跟客戶餐聚時能怎麼說。

掌握動詞用法：

■ 究竟 Meet 在哪幾種情境下有什麼用法呢？社交應酬時又如何派上用場呢？請參考以下幾個狀況：

動詞分析與單句解構

1. 符合。句型：meet ... requirement, need or request 符合……要求／需要

   例1 All the candidate's qualification can't meet the entry requirements.
   所有候選人的資格都不符合入選的資格。

   例2 We use black box for packing to meet the client's request.
   為了符合客戶的要求，我們使用黑色的箱子包裝。

2. 碰巧遇見；這裡的 meet 是指不期而遇

   例 I met Kelly in Starbucks this morning.
   我今早在 Starbucks 碰巧遇見 Kelly。

3. 約定碰面（這裡的 meet 是約定好見面）

   例 Annie and I will meet next week in Copenhagen.
   Annie 跟我下週約好在哥本哈根見面。

PART 3 談成生意——業務篇

251

4. 認識（表示初次見面）

例▶ Kelly: It's nice to meet you, Kevin/ Kevin : My pleasure.

Kelly：很高興認識你，Kevin。

Kevin：我的榮幸。

解析 當我們首次遇見某人時，我們說 It's nice to meet you. 或是 It's my pleasure to meet you 很高興見到您。

若是已認識或是已碰面的客戶，我們會這樣打招呼 It's been a long time. I haven't seen you for a while, nice to see you. 看到您真開心我已經好長一段時間沒看到你了。

更簡短的是 It's been a long time. Good to see you. 好長時間不見了，真開心見到您。

注意到了嗎？ It's nice to meet you. 僅能用在初次見面的客戶哦。若客戶跟您之前就已熟識，就不要再說 Nice to meet you 了，不然社交場合一開始就會很尷尬的。

■ 究竟 Appreciate 在哪幾種情境下有什麼用法呢？社交應酬時又如何派上用場呢？請參考以下幾個狀況：

動詞分析與單句解構 ②

1. 欣賞

例▶ Jason appreciates the classic music; he got this habit from his mom.

Jason 欣賞古典樂，他從他母親那學到這習慣的。

2. 領悟，了解

例 One day, you will appreciate the beauty of art.

有天你終會領悟到藝術之美。

3. 增值

例 Their house has appreciated 20% in value for past 3 years.

他們的房子在過去3年裡增值了20%

4. 感謝。最常使用到的句型為I appreciate it...

例1 Annie always stands by me. I really appreciate it.

Annie總是支持我，我真的很感謝她的支持。

例2 If you could come over and pick me up, I'd appreciate it.

如果你能過來接我的話感激不盡。

解析 其中的it為代名詞，指的是前面所提到對方為我們做的事。

注意到了嗎？ Appreciate當感謝時，後面不能接人當受格。

例 I really appreciate you. 真的很謝謝你。這為錯誤說法哦。

在社交場合中，通常會出現的對話為：

A: Keith, don't worry. We will meet you in the airport.

B: You will pick me up? Great ! I really appreciate it.

A：Keith，別擔心，我們會在機場跟您碰面。

B：你要來接我嗎？太好了，真的很感謝。

■ 究竟Regret在哪幾種情境下有什麼用法呢？社交應酬時又如何派

上用場呢？請參考以下幾個狀況：

PART 3 業成生意——業務篇

動詞分析與單句解構 ③

1. 遺憾。句型：regret to say or I regret to inform you...

　　例1 Due to the weather, we regret to say that the picnic has to be cancelled.

　　很遺憾的通知您，野餐因為天氣原因而取消。

　　例2 We regret to inform you that the order is cancelled because we are lacking of raw material.

　　很遺憾通知您，因為我方缺少原物料訂單取消了。

2. 後悔

　　例1 Carl regrets having given up his college education.

　　Carl對於放棄大學教育感到很後悔。

　　例2 You should come to visit our factory. You won't regret it.

　　你應該來我們工廠看看，你一定不會後悔的。

　　解析 這裡的you won't regret it.「你一定不會後悔的。」，其實是社交場合中，我們常會用到的的句子。當我們想說服某人去做某事時，通常最後我們會加上這一句。例：You should go to the party with us. Trust me. You won't regret it.你應該跟我們一起去那派對的，相信我，你不會後悔的。

STEP 3 ▶▶ 延伸用法 & show time

　　看完了 meet、appreciate 及 regret 動詞解析後，開始進階到社交對話應答囉！將動詞透過對話的模式，再更加充分理解動詞在句子當中所扮演的角色，慢慢地就能學會活用文法。現在來看看和客戶的對話，我們先來看個 NG 對話，再思考看看有沒有更好的說法吧！

 NG! 對話

> Jose: Keith, long time no see. I haven't seen you for 5 years. My friend, it's nice to meet you.
>
> Keith: Hey, how is everything ?
>
> Jose: Great! Our business is getting better.
>
> Keith: Good to know. Thanks for picking me up. I really appreciate you.

> Jose： Keith, 好久不見。有五年沒看到你了，老友。很高興認識你。
>
> Keith： 嘿，一切都好嗎？
>
> Jose： 不錯，生意越來越好了。
>
> Keith： 替你開心，謝謝你來接我。我謝謝你。

NG! 對話解析

　　NG 對話中出現了大家熟知的 Long time no see. 但是這麼用並不正式，參展時會遇見許多非英語系國家的客戶，所以我們還是回到正式的英文吧，不要再說中式英文了。

---

1. Long time no see. 好久不見

　解析　是的，中式的好久不見 long time no see. 其實已經慢慢滲透在英文裡，以前是錯誤的用法，慢慢地大家也聽懂了。但是我們面對的是不同國籍的客戶，既然知道這是中式英語，就請把它改掉。免得讓其他國家的客戶聽得一頭霧水吧。

2. It's nice to meet you. 很高興認識你。

　解析　在情境對話中，Keith 跟 Jose 是好久不見的老友。而 It's nice to meet you. 則是在首次認識的場合才能使用。

3. Our business is getting better. 我們的生意越來越好。

　解析　有沒有發現，此句完全是中式思考下翻譯出來的句子。因為我們非英語母語國家在與客戶對話的同時，常常是先思考出一句適合的中文回話，再將此句翻譯成英文，就成了中式英文。當然，若是雙方都能理解即可。但是建議身為國貿業務的您，還是要盡量避免中式說法。

4. I really appreciate you. 我很感激你。

　解析　Appreciate 後請不要接主詞。現在我們再來看看，正確的社交對話，應該怎麼說比較合適。

GOOD! 對話

Jose: Keith, it's been a long time. I haven't seen you for 5 years. My friend, it's nice to see you again.

Keith: Indeed, how is everything?

Jose: Great! Our company has expanded business further.

Keith: Good to know. Thanks for picking me up. I really appreciate it.

Jose： Keith，有好長一段時間了吧。我五年沒看到你了，老友。很高興又與你碰面。

Keith： 的確是這樣呀，一切都好嗎？

Jose： 不錯，我們公司業務擴展得越來越好了。

Keith： 替你開心，謝謝你來接我。我很感激。

GOOD! 對話解析

　　在重要的國際商展上，同行業的不論是貿易商、工廠或是進口商都會參加，所以有時我們會跟已認識的客戶約在某個展覽碰面，好久不見的客戶該怎麼問候呢？請看以下：

1. It's nice to see you again. 很高興我們又碰面了。

　　解析 與熟悉的朋友碰面，記得用 It's nice to see you again. 而不要使用 It's nice to meet you. 請注意此點。

2. Our company has expanded business further. 我們公司業務擴展的越來越好了。

　　解析 此句其實在社交場合裡時常會用到。請盡量將這句記下，就可以避免中式的 Our business is getting better 的用法了。

3. I really appreciate it. 真的很感激。

　　解析 請先說明要感謝對方的事，再以 I really appreciate it. 說明針對此事，我們的感激之意。

職場巧巧說

在表達感謝時，常會出現的字thank跟appreciate感激有什麼不同呢？其實除了文法的用法不同，如我們可以說Thank you.但不能說Appreciate you之外，最大的不同應該是感謝的程度不同。

Thank較是用在感謝別人的舉手之勞，或是不太麻煩的事。例：Thanks for the dinner.謝謝請我吃晚餐。這時候，單單是吃晚餐這件事，我們用thank即可。

Appreciate則是感謝別人的大力幫忙，救命之恩，或是特地的請求，比thank還要感謝很多。在情境對話中，Keith說Thanks for picking me up. I really appreciate it. Jose可能是開了5小時車才能接到Keith。面對這種特地幫忙，我們才需要用到appreciate。

另外，當我們有求於客戶，或是特地麻煩客戶時，我們會用到appreciate。例：If you could re-send the sample, we'd appreciate it. 如果您能重新寄樣的話，我們將感激不盡。

看完了meet、appreciate及regret的動詞解釋跟例句，是不是清楚多了呢？如果能掌握這幾個簡單的單字，模擬一下自己會碰到的社交場景，套上關鍵單詞並加以靈活運用，就能更自在地跟客戶對話！

Unit 25 社交應酬 2
Social Events

STEP 1 ▶▶ **與客戶聊天聊什麼？怎麼聊？不如從 hold、mind 及 bet 這三個動詞發想開始**

　　與客戶吃飯聊天，到底要聊什麼呢？其實沒有固定的答案，有些美國客戶很健談，會跟我們聊公司的經營趣事，或是東西方的文化差異等，但是不太涉及私人的事，除非是來往多年交情很好的客戶才會說到個人的私事。

　　但是中東客戶就沒這麼多規矩了，他們話題會比較多，好奇心也很重，對很多事情總是會問到底。一般來說，我們只需跟隨客戶的話題稍微聊一下，不需強調個人意見立場，也無須跟客戶辯論什麼，最高原則是輕鬆愉快地用完餐。

　　此篇介紹動詞 Mind 介意、Hold 舉行及 Bet 打賭，我們先介紹這三個單字的基礎用法。Mind 介意、Hold 舉行這兩個單字都很短，用法卻很多，十分精彩。Mind 當動詞為介意，在社交對話中，我們常用此字來創造一個情境，常常有些小狀況出現，而我們希望客戶不要介意時，我們會用 We hope you don't mind. 來緩和氣氛。

掌握動詞用法：

■ 究竟Hold會在哪幾種情境下有什麼用法呢？社交應酬時又如何派上用場呢？請參考以下幾個狀況：

動詞分析與單句解構

1. 拿著、握住

　例1 Hold the wheel tightly when you are driving.
　　　開車時須緊握方向盤。

　例2 Hold the door, please. 請拉開門。

　解析 當電梯裡有人，而我們拿著大包小包時要進電梯，這時候我們可以禮貌的請對方幫我們將電梯門按住，並說Hold the door, please.。

2. 緊抱

　例 The mother is holding a baby. She needs help.
　　　那位母親正抱著個嬰兒，她需要幫助。

3. 盛放；裝

　例 We need some cases to hold those books.
　　　我們需要一些紙箱來裝這些書。

　解析 Hold的解釋很多種，在這裡僅選幾個生活上常會用到的意思來說明。以上三個用法不會很複雜，卻很實用，請記下哦。

4. 舉辦

例1 We hold a party for Stanly. He just got promoted.
我們替 Stanly 辦了個派對，他剛升職。

例2 The Exhibition will be held from June 25 to July 1.
展覽舉行的時間是從 6/25 到 7/1。

解析 這裡的 hold 舉辦，是我們要在社交篇介紹給大家的主要意思。由於在工作場合中，公司或私人常會舉辦各式的派對、歡迎酒會，或是離職送別等等，這時候，我們就會用到 hold 這個動詞。而在國際場合中，常會有許多展覽，舉辦展覽的動詞也是 hold；而參加展覽，用的動詞則為前幾篇介紹過的 attend.。

■ 究竟 Mind 會在哪幾種情境下有什麼用法呢？社交應酬時又如何派上用場？請參考以下幾個狀況：

動詞分析與單句解構 2

1. 反對；介意

例1 I hope that you don't mind such short notice visiting.
我希望你不要介意這麼突然通知的來訪。

例2 I don't mind sitting next to the crying baby.
我不介意坐在那個哭鬧小寶寶的旁邊。

2. 用Mind徵求對方同意。句型 Do you mind if ＋某事

　　例1 ▶ Do you mind if I join you？我可以加入你們嗎？

　　例2 ▶ Do you mind if I turn off the light? 我可以關燈嗎？

3. 留意

　　例 ▶ Mind the gap. 小心縫隙。

　　解析) 這句話常在車站,高鐵或是機場聽到。提醒旅客小心。

　　　　社交場合中，為什麼會用到mind呢？當我們要委婉表達意見時，　如Do you mind if I can't join you for the dinner. I really need some rest.如果你不介意的話，我想不跟你一起用晚餐了，我需要休息。通常我們這樣客氣的表達之後，客戶會接的是Sure, no problem.「當然沒問題。」，但若有人接Yes, I do mind.「是的，我很介意。」，這樣就太失禮了哦。

■ 究竟Bet會在哪幾種情境下有什麼用法呢？社交應酬時又如何派上用場呢？請參考以下幾個狀況：

動詞分析與單句解構 ③

1. 下注。句型 Bet on...

　　例 ▶ Nick bet on the white horse, and he won USD$1000.
　　　　Nick在那匹白馬上下注，結果他贏了USD$1000。

2. I bet... 我敢說

例1 I bet Ivan won't go to China next month.
我敢說Ivan下個月不會去中國出差。

例2 I bet he is not going to show up tonight.
我敢說他今晚一定不會出現。

3. You bet. 當然，還用的著問嗎？

例 Ivan: We should arrive the airport asap. It's getting late.
Jack: You bet.
Ivan：我們應該盡早抵達機場，越來越晚了。
Jack: 當然，還用的著問嗎？

解析 當中的 I bet... 跟 you bet 的句法在社交場合中十分常見。例如：
我們會跟朋友說：「我敢說 Rick 明天一定遲到，他今晚喝醉了。」
I bet Nick will be late tomorrow. He got drunk tonight.，而
you bet 則用在我們同意對方的說法時。

STEP 3 ▶▶ 延伸用法 & show time

看完了動詞解析後，開始進階到對話囉！將動詞透過對話的模式，再更加充分理解動詞在句子當中所扮演的角色，慢慢地就能學會活用文法。現在來看與客戶間的對話，我們先來看個NG版，再思考看看有沒有更好的說法吧！

NG! 對話

Rick: Ivan, sorry to keep you waiting. I was stuck in the traffic for an hour. I didn't do it on purpose. It's big raining.

Ivan: Don't worry. It happens. I'm starving. Jack told me that there is a new restaurant nearby, *InBeck*. Let's go

Rick: *InBeck?* I had been there last week. Their fish soup is pretty good. Oh and the fried fish, you can't miss it.

Ivan: Shut up! Just go! I'm drooling. I feel that I could eat a horse now.

Rick：Ivan抱歉讓你等這麼久,我困在車陣裡一個鐘頭了。我不是故意的,雨下很大。

Ivan：別擔心,偶爾會這樣的。我很餓,Jack跟我說附近有家新餐廳叫InBeck,我們去那裡吃飯吧。

Rick：InBeck?我上星期有去過,他們的魚湯還不錯。哦,還有炸魚,你不能錯過這道菜。

Ivan：閉嘴啦,快走。我都流口水了,我覺得我能吃下一匹馬。

NG! 對話解析

即使是私人的社交場合也不能失了分寸，用字遣詞還是要多考慮。此NG對話就是最好的例子，千萬不要隨便跟客戶或是同事說出shut up。

1. I didn't do it on purpose. 我不是故意的。

   解析 這句話文法沒有錯，結構也完整，但是不適用於成人的社交場合。I didn't do it on purpose. 比較像是小孩子做錯事，為自己找的藉口。在商場或跟朋友交際應酬時，難免有時有狀況，但是，我們不會用 I didn't do it on purpose.「我不是故意的。」來解釋自己的行為。

2. It's big raining. 下大雨。

   解析 這句話犯了中式思考的錯誤。形容雨很大，最熟知的片語是 It's raining cats and dogs.（下了貓跟狗，意指雨下很大，啪啦啪啦響的）。若是面對非英語系的客戶，我們可以跳過這說法，避免客戶混淆，我們可以說 It's raining heavily. 亦是表達下大雨。

3. Shut up. 閉嘴。

   解析 不論我們在美國電影、美劇中聽過多少次shut up，也請不要真的說出口。在電影裡看似人人都會說的shut up，身為英語非母語的我們很難去掌握說這句話的時機。既然如此，就請不要說shut up.，要請對方不要再說了，有其他更多更好的表達方式。現在我們再來看看，正確的社交對話，應該怎麼說比較合適？

GOOD! 對話

Rick: Ivan, Sorry to keep you waiting. I hope you don't mind. I was stuck in the traffic for an hour. It's raining cats and dogs.

Ivan: Don't worry, it happens. I'm starving. Jack told me that there is a new restaurant nearby, *InBeck.* Let's go.

Rick: *InBeck.?* I had been there last week. Their fish soup is pretty good. Oh and the fried fish, you can't miss it.

Ivan: Stop talking, just go! I'm drooling. I feel that I could eat a horse.

Rick： Ivan抱歉讓你等這麼久,希望你不要介意。我被困在車陣裡一個鐘頭,雨下的好大。

Ivan： 別擔心,偶爾會這樣的。我餓扁了,Jack跟我說附近有家新餐廳叫InBeck,我們去那裡吃飯吧。

Rick： InBeck ?我上星期有去過,他們的魚湯還不錯。哦,還有炸魚,你不能錯過這道菜。

Ivan： 別說了,快走。我都流口水了,我覺得我能吃下一匹馬。

GOOD! 對話解析

與客戶或是同事吃飯也必須遵守禮儀，避免不必要的誤會。那麼該怎麼修改才能更通順又可以活用 mind 這個單字呢？請看以下：

1. I hope you don't mind. 我希望你不要介意。

   解析 當有些意外小狀況出現時，我們會跟客戶稍稍說明之後，再補上 I hope you don't mind. 希望你不要介意。通常，這句之後接的句子都是些小事，比如說遲到、不能出席等。

2. Stop talking. 不要說了。

   解析 1 在 NG 版中我們說了不要使用 shut up.「閉嘴。」，因為這句話其實聽起來滿失禮的。若不用 shut up，我們有許多其他的可以代替，如 Stop talking.「別說了。」，是不是聽起來語氣緩和許多？

   例 Kelly: You should call the client first and inform him about the shipment delay.
   Claire: Stop talking. I know what to do.
   Kelly：你應該先打電話給客戶通知他貨運延誤了。
   Claire：別說了，我知道該怎麼辦。

   解析 2 若是再客氣一點，我們可以說：Would you stop talking please?「你可以別說了嗎？拜託！」

3. I could eat a horse. 我能吃下一匹馬。

   解析 當然，這只是個比喻。意指大吃一頓，胃口很好的意思。

職場巧巧說

　　Mind有許多經典句：

1. Mind your own business. 少管閒事。

   A: I think you should break up with Melinda.

   B: Mind your own business

   A：我覺得你應該跟Melinda分手。

   B：少管閒事。

   解析 當你覺得同事管太多時，就可能會忍不住會回他Mind your own business. 管好你自己的事吧！

2. Never Mind. 沒關係，算了吧。

   A: Sorry, I didn't notice you are here.

   B: Never mind.

   A：抱歉，我沒注意到你在這裡。

   B：沒關係。

   解析 當別人不小心撞到我們又很抱歉的一直說對不起時，這時，我們可以回答Never mind.「沒關係。」，表示我們不介意，只是小事。

   或是

   A: Where is Gabriel? He said he would show up.

   B: Never mind. We just start without him.

   A：Gabriel在哪？他說他要來的。

   B：算了吧，我們就不管他開始吧。

   解析 這時的never mind表示算了，算了，我們自己來吧。

Unit
26 社交應酬 3
Social Events

 ▶▶ 與客戶會面該注意什麼？試試從 conduct、respect 及 identify 這三個動詞發想開始

工作與社交往往是一體的，我們在工作時會希望藉由好的工作表現讓客戶留下好印象。在接待客戶時，也希望藉由我方釋出的善意，如接機、安排飯店、招待用餐等等，讓客戶能夠感受到我們對於合作的真切期望，進而相信我方是可信賴的商業合作夥伴。

本篇除了重點動詞之外，還有些與客戶會面應該注意到的事項也會一併提醒大家，尤其是剛進職場的新鮮人，請多多留意哦！

 ▶▶ 掌握動詞用法：

■ 究竟 Conduct 會在哪幾種情境下有什麼用法呢？社交應酬時又如何派上用場呢？請參考以下幾個狀況：

動詞分析與單句解構 ①

1. 指揮

   例▶ Marvin conducts orchestra in Europe.
   Marvin在歐洲指揮管弦樂。

2. 傳導（電或熱）

   例▶ The plastics don't conduct electricity. 塑膠不導電。

3. 進行。當我們conduct某活動或是任務時，我們將其組織並實施。

   例1▶ The school conducted a survey of the student's reading habit.
   學校針對學生的閱讀習慣進行調查。

   例2▶ Meredith decided to conduct an experiment on sheep.
   Meredith決定在羊身上進行一項實驗。

4. 舉止、行為

   例1▶ They conduct their personal lives in accordance with morality.
   他們的個人生活舉止都與道德標準一致。

   例2▶ You should conduct yourself well in public.
   公共場所行為舉止要注意。

   解析▶ 在社交場合與國外客戶說話時，有一點請特別注意，就是不要一直笑。雖說微笑是世界共通的語言，傳統觀念裡我們也覺得笑就

是表示有友善 friendly，能讓客戶放鬆。

但是在談生意的時候，請保持和善的態度，讓客戶了解我們的善意即可。請避免沒有意義的笑。

若是我們在客戶面前跟同事講話，也不要一直笑。因為客戶聽不懂中文，我們若跟同事自顧自的講話、偷笑，或許只是講些不重要的事情；但是，因為客戶聽不懂，很容易誤會我們是在私底下嘲笑他，所以才會笑。剛入職場的新鮮人很容易犯此錯誤，因為面對國外客戶，有時候不知道說什麼才好，或是為緩和氣氛就邊講話邊笑，這很容易讓客戶誤會哦。

■ 究竟 Respect 會在哪幾種情境下有什麼用法呢？社交應酬時又如何派上用場？請參考以下幾個狀況：

動詞分析與單句解構 ②

1. 遵守（道德或規範）

例▷ You should respect the law. Your kid will learn from you.
你應該遵守法律，你的小孩會依你為榜樣。

2. 尊重

例▷ Jack and Ivan respect Terry a lot, so they always follow his instruction.
Jack 跟 Ivan 很尊重 Terry，他們總是聽從 Terry 的指示。

3. With all respect 恕我直言（片語）

例1 With all respect, I think your proposal is not practical.
恕我直言，我認為你的提案不切實際。

例2 With all respect, we can't arrange the shipment as your request.
恕我直言，我們不能依照您的要求出貨。

解析 當客戶有些要求我們做不到，或是跟客戶設計意見相左時，請將問題提出來，好好的跟客戶解釋清楚，也不要滿口答應做不到的事。當我們表達意見前，說句 with all respect 恕我直言，就能使語氣緩和。

■ 究竟 Identify 會在哪幾種情境下有什麼用法呢？社交應酬時又如何派上用場呢？請參考以下幾個狀況：

動詞分析與單句解構

1. 指認。當我們 identify 某人或某事時，表示我們知道他們的名字。

例1 Owen can identify a lot of insects. Owen 能認出許多種昆蟲。

例2 Amy was identified as the new member of campus band.
Amy 被認出來是學校樂團的新成員。

2. 辨別。當我們 identify 某事時，我們能區別該物與其他的不同。

例▶ I'm sorry. We are unable to identify the item from the photos, please send us the sample. It will be much helpful.

很抱歉，我們無法從照片中辨別出此項商品。請將樣品寄給我們，這樣會比較容易。

解析 Identify 有個很有名的名詞 Identification 身分證，簡稱I.D.。在美國遇到警察臨檢，或是進酒吧喝酒時，都得出示身分證。這時候，對方會說 May I see your I.D., please.「請拿出你的身分證。」。

當我們出差時，有時候會將證件鎖在飯店的保險箱裡，但其實，最好將證件隨身攜帶，避免不時之需，因為在國外沒有證件是一件非常麻煩的事情。

STEP 3 ▶▶ 延伸用法 & show time

看完了 conduct、respect 及 identify 的動詞解析後，開始進階到對話囉！將動詞透過對話的模式，再更加充分理解動詞在句子當中所扮演的角色，慢慢地就能學會活用文法。現在來看與客戶間的對話，我們先來看個NG版，再思考看看有沒有更好的說法吧！

NG! 對話

Nick: Do you have the same item like this one ?

Ivan: I don't know what it is . Do you have any sample ?

Nick: Yes, there is one in our office. I call my assistant to send it now.

Ivan: I appreciate you. It will be much helpful.

Nick: It's getting late. Let's say good night.

Nick： 你有像這一樣的產品嗎？

Ivan： 我不知道這是什麼，你有樣品嗎？

Nick： 有，我辦公室有一個，我叫我助理馬上寄出。

Ivan： 我很感激你，這樣很有用。

Nick： 很晚了，我們再見吧。

NG! 對話解析

　　與客戶用餐除了閒聊之外，有時候也是會談起生意的，所以我們片刻也不能放鬆，請不要隨便說出 I don't know。

1. I don't know what it is. 我不知道這是什麼。

   解析 前幾篇提過多次了，面對客戶的問題，我們要避免以I don't know.「我不知道。」回答。您可以說I'm not sure what it is.「我不確定這是什麼。」，也好過I don't know.

2. I call my assistant to send it now. 我叫我助理馬上寄出。

   解析 當我們說叫誰做事時，動詞用的並不是call。若要表達此句的意思，有許多好的動詞可以使用，如have、let，在稍後的Good對話會有進一步說明。

3. I appreciate you. 我感激你。

   解析 在NG對話中，Ivan請客戶寄樣品給他，為了表示感激用了appreciate這個動詞，但是appreciate感激在前幾篇有談到請不要直接接主詞。

4. Let's say good night. 讓我們說晚安吧。

   解析 本對話中，Rick想表達的意思是：「很晚了，大家可以各自回去休息了。」，但用了Let's say good night.感覺卻像是要去睡覺了，不太妥當。稍後的Good對話裡會跟大家談到一天結束時該怎麼說比較好。現在我們再來看看，正確的社交對話應該怎麼說比較合適。

GOOD! 對話

Nick: Do you have the same item like this one?

Ivan: With all respect, we can't identify the item by pictures. Do you have any sample? We need the sample to identify it.

Nick: Yes, there is one in our office. I'll have my assistant to send it right away.

Ivan: I appreciate it. It will be much helpful.

Nick: No problem. It's getting late; let's call it a day.

Nick：你有像這一樣的產品嗎？

Ivan：恕我直言，光靠照片我們是沒辦法認出這是什麼產品的。 您有樣品嗎？我們需要樣品來確認產品。

Nick：有，我辦公室有一個，我請我助理馬上寄出。

Ivan：我很感激你這麼做，這對我們幫助很大。

Nick：沒問題。很晚了，今天就到這裡結束吧。

GOOD! 對話解析

　　當業務不簡單，即使是在社交場合上，客戶突然有工作的事項需要討論時，我們必須馬上反應過來，請看以下：

PART 3 養成生態——做菜篇

1. With all respect, we can't identify the item by pictures. 恕我直言，光靠照片我們是沒辦法認出這是什麼產品的。

   解析 國際商業中，有時候會遇到些客戶寄來一張照片，那種黑色的塑膠片，上面沒有尺寸、型號，只說他想要買這種產品。光看一張黑色的照片，我們實在不太可能認出該產品到底是什麼，這時候，我們可以用此句回覆給客戶，表示我們不是拒絕與他合作，而是實在是看不出來他需要的產品是什麼，因此需要他提供進一步訊息。

2. I have my assistant to send it right away. 我請我助理馬上寄出。

   解析 在NG的解析中，我們提到可以使用have跟let。其中have是個十分好用的動詞。這裡have而是當、請或讓的意思。請看例句：

   The teacher has students to clean the classroom.

   老師讓學生整理教室。

   I have the waitress to get my coat.

   我請服務生去拿我的外套。

3. I appreciate it. 我很感激你這麼做。

   解析 這裡的it是代名詞，指的是客戶特地將樣品寄出一事。

4. Let's call it a day. 我們今天就到此為止吧。

   解析 當我們開完一天會，或是覺得事情差不多了該回家休息時，我們可以說Let's call it a day. 這是十分常見的用法，請記下來吧。

職場巧巧說

在職場上，我們會用到in many respects「在許多方面」這個說法。

例1 In many respects, Jack is qualified to be the sales manager. He is ambitious and capable.

從許多方面來說，Jack能勝任業務經理一職，他野心勃勃，又能力十足。

例2 In many respects, APol is not a good client. Their payment is always delay.

在許多方面來說，APol不能算是好客戶，他們的付款常常延遲。

看完了conduct、respect及identify的動詞解釋跟例句，是不是清楚多了呢？如果能掌握這幾個簡單的單字，模擬一下自己會面對的社交場景，套上關鍵單詞再加以靈活運用，就能更自在地跟客戶對話。

Unit
27
社交應酬 4
Social Events

▶▶ 社交場合需要注意什麼？再試試從 lead、
mention 及 practice 這三個動詞發想開始

在上一篇上我們看過了 conduct、respect 及 identify 這三個動詞，相信大家應該記住了。本篇再來看看還有什麼動詞在社交場合能用上。

此篇介紹單字 lead 領導。公司的負責人，主管須帶領業務成長，這時，我們會用到 lead 這個動詞。或是，我們與客戶的互動，最後會是 lead to cooperation 走向合作。

Mention 談起。跟之前篇的 inform 通知不同，inform 是特地告知，而 mention 是不經意，而不是刻意的談到。Practice 實行、實踐，是一個十分好用的單字。我們先介紹這三個單字的基礎用法。

STEP
2 ▶▶ 掌握動詞用法：

■ 究竟 Lead 會在哪幾種情境下有什麼用法？社交應酬時又如何派上用場呢？請參考以下幾個狀況：

動詞分析與單句解構 ①

1. 帶頭、引領

   例1 The general was leading the soldiers into battle.
   將軍帶領著士兵進入戰場。

   例2 The hostess led us to our table.
   餐廳女服務員帶領我們到我們餐桌。

2. 領先（在競賽、競選中）

   例 She is leading in the mayor race. 她在市長競選上領先。

3. 主導。若某一國家或組織 lead 文化、音樂方面，表示占有領先地位。

   例 Hollywood films lead the global movies culture.
   好萊塢電影主導著全球電影文化。

4. 領導。當我們 lead 一群人或是組織時，我們控制該組織。

   例 He led the country between 2008-2014. People were very disappointed at his leadership.
   他在 2008-2014 年領導國家，人們對他的領導力十分失望。

5. 導致、走向

   例 His behavior led us to a dangerous situation.
   他的行為導致我們面臨危險的狀況.

■ 究竟Mention會在哪幾種情境下有什麼用法？社交應酬時又如何派上用場呢？請參考以下幾個狀況：

動詞分析與單句解構 ②

1. 談及（文章裡）

例1 Ryan was mentioned in the report. He was charged for drunk driving.
Ryan的名字在報告裡被提及，他被指控酒駕。

例2 Jack was flattered; his name was mentioned in the new book.
對於自己的名字在新書裡被提及，Jack感到很開心。

2. 說到：不經意地簡短提到。

例1 Rick mentioned that his family would move to Denver next year.
Rick有提過他家明年要搬去Denver。

例2 You didn't mention that you don't like fish, so I ordered that for you.
你沒說過不喜歡吃魚，所以我幫你點了魚。

例3 You mentioned that you may come to Asia.
你上次有說到可能會來亞洲。

解析 在社交場合，有時候我們要跟客戶說： As you mentioned in last e-mail...，「你上次在e-mail中談到的……」，我們就可以用 mention當動詞。

■ 究竟 Practice 會在哪幾種情境下有什麼用法？社交應酬時又如何派上用場呢？請參考以下幾個狀況：

動詞分析與單句解構 ③

1. 練習

例1 ▶ Owen's coach suggests that he should practice Taekwondo twice a week.
Owen 的教練建議他每週練習兩次跆拳道。

例2 ▶ Practice makes perfect; you should try harder.
熟能生巧，你應該更努力的。

2. Practice 衍生的片語：out of practice 疏於練習、荒廢

例1 ▶ His English is out of practice, so we need to do something.
他的英文荒廢很久了，我們得想想辦法。

例2 ▶ The worker's skill is out of practice; therefore, he can't finish the mould on time.
那工人的技術已經荒廢許久，因此他無法及時完成模型。

3. Practice 衍生的片語：put... into practice 實踐，實行

例1 ▶ With his friends' support, Rick will put his idea into practice.
有了朋友的支持，Rick 將會實踐他的理想。

PART **3** 談戀生育——破蔭篇

例2 We should put this new method into practice; it will increase our sales turnover.

我們應該實行這新方法，如此我們的銷售營業額將會增加。

解析 與客戶碰面之前，最好稍稍了解客戶國家的背景。如跟希臘的客戶見面，可以先看看希臘地圖，了解一下該國最近有什麼國際新聞。因為有時候除了公事之外，客戶會聊起自己國家的事，這時候，我們就能多少接上幾句，而不會只能傻笑，或搖頭說不知道、沒聽過。太多的不知道跟沒聽過，會讓我們顯得沒有國際觀。然而，避免談起太生澀或是政治議題。太生澀的議題通常用的單字會比較難或是少見，而且這類議題會讓我們聽不懂客戶在說什麼。譬如說，我們可以跟希臘客戶聊聊希臘神話，或許也談點中國神話。但是 請不要跟他聊希臘要不要償還歐債這類嚴肅的事。

STEP 3 ▶▶ 延伸用法 & show time

看完了 lead、mention 及 practice 的動詞解析後，開始進階到對話囉！將動詞透過對話的模式，再更加充分理解動詞在句子當中所扮演的角色，慢慢地就能學會活用文法。現在來看與客戶用餐間的對話，我們先來看個 NG 版，再思考看看有沒有更好的說法吧！

NG! 對話

Garcia: Chinese food is so good. I always thought that Italian food is my favorite. But after this trip, I won't say that again.

Morgan: I'm glad that you like it. As I said, Taiwan has a variety of food. It's quite famous.

Garcia: I bet it is.

Morgan: Hey, listen, do you want to try Taiwanese milk tea?

Garcia: Oh, sure. I hear that before. There is a branch store in Italy.

Garcia：中國菜真好吃，我以前一直覺得義大利菜是我的最愛，但是，經過這次旅行，我不會再這麼說了。

Morgan：我很高興你喜歡中國菜。就像我之前說的，台灣有許多種食物，遠近馳名吶。

Garicia：我想也是。

Morgan：嘿，聽著，你要不要試試台式的奶茶？

Garcia：噢，當然好呀，我有聽過那個。
義大利也有間分店。

NG! 對話解析

　　此段NG對話有些我們常見的文法小錯誤，在此特別指出說明，希望大家能夠注意並且避免。

---

1. Chinese food is so good. 中國菜真是好。

   解析 關於食物，有其他更好的形容詞。

2. Taiwan has a variety of food. 台灣有各種美食。

   解析 這句話是中式英文，看出來了嗎？ Taiwan 不能當主詞。就像我們說：公司有許多人 Company has many people. 這類的中式英文的句子一樣，雖然客戶能聽懂，但是還是請避免。

3. I hear that before. 我之前聽過。

   解析 「聽過」，既然是聽過了，就應該用過去式。當我們不知道跟客戶聊什麼時，或是氣氛有點冷場時，聊聊食物也是不錯的選擇。台灣小吃遠近馳名，但是不是每個外國人都有勇氣嘗試。一般來說，我們會帶客戶去高級的餐廳用餐，而不會帶客戶去吃小吃。而中國菜對外國客人來說，就已經是不得了的美味了。趁著客戶誇獎菜色時，多聊幾句，慢慢地氣氛就會融洽點了。現在我們再來看看，正確的社交對話，應該怎麼說比較合適。

GOOD! 對話

Garcia: Chinese food is so delicious. I always thought that Italian food is my favorite. But after this trip, I won't say that again.

Morgan: I'm glad that you like it. As I mentioned, there is a variety of food in Taiwan. It's quite famous.

Garcia: I think it is.

Morgan: Hey, listen, do you want to try Taiwanese milk tea?

Garcia: Oh, sure. I heard that before. There is a branch store in Italy.

Garcia： 中國菜真是美味，我以前一直覺得義大利菜是我的最愛。但是，經過這次旅行，我不會再這麼說了。

Morgan： 我很高興你喜歡中國菜。就像我之前提到，台灣有許多種食物，遠近馳名吶。

Garcia： 我想也是。

Morgan： 嘿，聽著，你要不要試試台式的奶茶？

Garcia： 噢，當然好呀，我有聽過。
義大利也有間分店。

GOOD! 對話解析

社交場合難免冷場，聊聊食物準沒錯。但再適當的話題也必須要用正確的文法，才會相得益彰哦！

1. Chinese food is so delicious. 中國菜真是美味。

   解析 關於食物，有其他更好的形容詞，如delicious美味。有的人或許會想到yummy好吃的。這字沒錯，但是比較適合跟小朋友說"yummy! yummy!"，或是朋友之間用的。若覺得delicious已經說膩了，可以試試tasty美味、高雅的。例：The steak is tasty. You should order it.這牛排很美味，你應該點一份。

2. There is a variety of food in Taiwan. 台灣有各種美食。

   解析 NG版中，我們提到Taiwan不能當主詞。這裡我們改以there is.... in...的句型。若我們說：公司裡有25名員工。則為There are 25 employees in our company.。

3. I heard that before. 我早有耳聞。

   解析 I heard...「我聽說……。」是個常常用到的句型。如：I heard that Ryan quitted his job last week.我聽說Ryan上週辭職了。

   這裡必須指出一點，由於具備英文語言這項專長，台灣越多越多的女性投入國際事業中。不論經營的項目是什麼，都是面對國外客戶，但是在許多國家，尤其是中東客戶，他們少有女性同事投入這行，所以若是與這些國家的客戶交涉，必須格外小心。避免台灣人的善意被誤解成其他的意思而造成困擾。

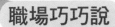

職場巧巧說

Don't mention it. 直接翻譯為：「不要提起這件事。」，但其實是不客氣的意思。例如：

A: Thank you very much. 十分感謝你

B: Don't mention it. 不客氣。

意思是這只是小事而已，沒甚麼好提的。

在同事之間，有時候互相幫忙，這時候我們總是會跟對方說Thank you. 一般我們的制式回答都是You are welcome.。其實，還有許多生動的說法喔，現在，我們來舉幾個例子：

A: Thank you.　　　謝謝

B: Don't mention it！　不客氣

B: No problem.　　　沒問題

B: Not at all.　　　一點也不

下次，要回答同事時，試試上面的例句吧。

看完了 lead、mention 及 practice 的動詞解釋跟例句，是不是清楚多了呢？如果能掌握這幾個簡單的單字，模擬一下自己會面對的社交場景，套上關鍵單詞並加以靈活運用，就能更自在地跟客戶對話！

PART 3 談成生意——破隊篇

Unit
28
談成生意的訣竅 1
Success in Business

STEP 1 ▶▶ 談成生意的秘訣是？先試試從 establish、inform 及 confuse 這三個動詞發想開始

Establish成立。談成生意的訣竅就是與客戶建立好關係，一開始可能只是閒聊，認識彼此公司在市場上角色，然後有樣品寄送、報價等等。這些看似無聊建立關係的過程便是關鍵，因為在此過程中，客戶能看出我們是否為誠信負責的合作夥伴。

Inform通知。實用性十分高的動詞，因為我們有太多大小事要通知客戶了。時時刻刻跟客戶保持好聯繫就是談成生意的關鍵。

Confuse搞混。當我們的意見跟客戶相左時，最好一開始用比較婉轉的說法，confuse這時就能派上用場。既能表達意見，又給雙方留下餘地，是個對溝通技巧上有幫助的單字。

接下來我們先看establish、inform及confuse這三個動詞的基礎用法，再來看看NG與Good商業書信的討論與解析，加深印象。

STEP 2 ▶▶ 掌握動詞用法：

■ Establish會在哪幾種情境下幫助我們談成生意呢？請參考以下幾個狀況：

動詞分析與單句解構 ①

1. 創立、建立。某組織、活動或是制度。

　例1　We have established trade cooperation with those countries.
　　　　我們跟這些國家建立起貿易合作。

　例2　The manager established some achievable goals for sales representatives.
　　　　經理為業務代表建立了一些可以達成的目標。

2. 建立（關係）

　例1　We had already established the contact with a potential client.
　　　　我們已經跟有潛力的客戶建立好聯繫關係。

　例2　The government and Japan have established diplomatic relations.
　　　　政府跟日本建立外交關係。

　解析　注意到了嗎？ Establish 是一個實用性很高的動詞，舉凡我們要和客戶建立合作關係，如：We like to establish long-term cooperation with your company.「我們很樂意跟貴公司建立起長期的合作關係。」，或是說明我們公司於某年創立時，都能用到 establish，如：Our company was established in 1975. 我們公司於 1975 年成立。

■ Inform 會在哪幾種情境下幫助我們談成生意呢？請參考以下幾個狀況：

PART **3** 談成生意——業務篇

291

動詞分析與單句解構 ②

1. 通知

例1 The client just informed us about their new schedule.
客戶剛剛通知我們有關他們的新行程。

例2 You should inform client about the shipment delay.
你應該通知客戶關於裝運延遲的事。

解析 Inform雖然很簡單卻十分實用，為什麼這麼說呢？因為供應商幾乎每天要跟客戶商業書信往來，通知客戶開模具的進度、樣品測試、訂單生產等等大小事，這時候我們最常使用的關鍵動詞就是inform。

舉例來說，要跟客戶說價格已經重新核算了，希望有合作的機會時，我們會說：

Dear Sir, we would like to inform you that we have updated the quotation; hopefully, it's a good start for our cooperation.

或是要跟客戶保證開模的進度我們會隨時通知他，請他不要擔心：

Dear Sir, about the mould development, please don't worry about it. We will inform you as soon as we get news from our factory.

與客戶談成生意的訣竅之一就是，隨時讓客戶知道進度，以增加客戶的信任。當貨物或是訂單、價格等有變動時，我們必須在第一時間通知inform客戶，而不是等到事後客戶問起時，我們才說某事如何如何，這樣會使我們的可信度（credit）降低。

■ Confuse 會在哪幾種情境下幫助我們談成生意呢？請參考以下幾個狀況：

動詞分析與單句解構 ③

1. 搞錯

例1 The teacher always confuses Jason and his brother. They are so much alike.

老師總是把Jason跟他弟弟搞錯，他們倆看起很像。

例2 Don't confuse those 2 samples: one is navy and the other is blue.

不要將這兩個樣品搞錯了，一個是海軍藍，一個是藍色。

例3 Many people confuse Australia with Austria.

許多人搞不清楚澳洲跟奧地利。

2. 使……困惑；使……不了解

例1 The new situation confused me. I don't know what to do next.

新的狀況讓我很困惑，我不知何是好。

例2 You confused me by 2 quotations; they both are the same item but with a different price.

我被你兩張報價單搞混了，兩張的項目一樣，但是單價不同。

解析 為什麼confuse可以幫助我們談成生意？其實，在國際貿易中，

雙方的交涉並非都是順利的。很多時候，要處理的問題很多，如樣品搞錯、延遲出貨、雙方驗貨標準不同等。這時候，我們處理問題的方法往往決定了客戶對我方的評價。遇到與客戶意見不同的時候，也先別急著生氣。通常是雙方立場不同、說法不同。

假設我們樣品通過我方品檢，到客戶手中測試之後卻被退回，我們在信件上如何反映、回覆呢？

Dear Sir :

We are confused about the test result because it did pass our quality check. Could you please send us the formal test report? Thank you.

您好，

關於測試結果我們感到很困惑，因為樣品的確通過了我方的品檢。可否請您提供正式的測試報告？謝謝。

這裡的對話中，我們用了 confuse 困惑，表示我方不了解情況為什麼會這如此，而不去指責客戶的測試是有問題的，給雙方一個緩衝的機會。

STEP 3 ▶▶ 延伸用法 & show time

看完了 establish、inform 及 confuse 的動詞解析後，開始進階到商業書信囉！將動詞透過書信的模式，再更加充分理解動詞在句子當中所扮演的角色，慢慢地就能學會活用文法。現在來看與客戶的商業書信往來，我們先來看個 NG 版，再思考看看有沒有更好的寫法吧！

NG! 商業書信

Dear Sir,

Our company was built in 1985. We have 30 years of experiences in international business. You can count on us.

About the item of you requested, we don't know which one you refer to. So, we need sample or photo of it.

After receiving the sample, we will tell you the price.

Thank you.

Regards/ Glen

您好,

我們公司建造於1985年,在國際貿易上有30年的經驗,你可以放心。

關於您所詢問的品項,我們不知道您指的是哪一個?因此我們需要該產品的樣品或是照片。

收到樣品之後,我將會告訴您價格。

謝謝

Glen 敬上

NG! 商業書信解析

　　要談成生意可不是隨便說說就能成功的，現在我們來看看這篇對話有什麼不妥的：

1. Our company was built in 1985.　Build 建造，通常是指建物。

　解析　如 He built a house for Meredith. 他幫 Meredith 蓋了間房子。若是要形容公司創立我們應該用別的動詞。

2. You can count on us. 你可放心。

　解析　此句的文法結構無誤，但是用於商場不太適合。Count on us 比較適用於日常生活的對話中。在商場上，我們會使用比較完整、正式的句子。但是還是要避免艱澀，因為太艱澀難懂的詞句在非英語系國家只會加深雙方溝通的困難度。

3. I will tell you the price. 我會告訴你價格。

　解析　當我們有事情要通知客戶時，請不要用 tell 這個動詞。太口語了，也會讓客戶覺得我們是隨口說說而已，並沒有認真面對此事的感覺。

GOOD! 商業書信

Dear Sir,

Our company was established in 1985. We have 30 years of experiences in international business. You can trust us as a reliable business partner. .

About the item you requested, we are confused about it. Could you please send us sample or photo? It will help us to identify the item.

After receiving the sample, we will inform you the latest quotation.

Thank you.

Regards/ Glen

您好,

我們公司成立於1985年,在國際貿易上有30年的經驗,是您可信賴的商業夥伴。

我們有點不清楚您所詢問的品項,方便將樣品或是照片寄給我們嗎?如此可讓我們查清此為何種產品。

收到您的樣品之後,我方將會通知您最新的報價單。

謝謝

Glen 敬上

PART **3** 談成生意──破敵篇

GOOD! 商業書信解析

　　談成生意的關鍵就是讓客戶信任我們。在互信的基礎上，才能開啟合作。該怎麼說才能讓客戶更相信我們呢？請看以下：

1. Our company was established in 1985. 我們公司成立於1985。

   解析 這裡，我們將 built 換成了 establish 成立才是正確用法。請記住，當我們要說某公司／組織建立於何時，動詞請用 establish。

2. You can trust us as a reliable business partner. 我們是您可信賴的商業夥伴。

   解析 與 NG 版對照後，我們僅將關鍵的字 count on 換成了 reliable。reliable 可信賴的，帶有可靠、誠實的意思。並不是什麼艱澀的單字。這字真的很實用，不論在說明公司的信用狀況，或是個人可信度，reliable 都能派上用場！

3. We will inform you the latest quotation. 我們將會通知您最新的報價單。

   解析 Tell 置換成 inform；而 price 換成了 quotation 報價單。這樣看起來是不是正式又專業多了？
   比較：Price list 價目表與 Quotation 報價單的不同
   在國際貿易中，客戶會給我們詢價單 Inquiry，而我們供應商對應給客戶的則為報價單 Quotation。Quotation 上面，會針對客戶所詢問的商品報價，並詳列所有交易條件 Terms and Condition，包含付款交貨期等等完成此交易的注意事項。而 Price list 就單單只是價格表，沒有針對性，也不會有詳細的交易條件。

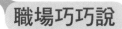

職場巧巧說

　　為什麼會特別提出confuse這個單詞呢？其實在面對客戶或是同事之間相處時，常常有些我們很意外或是不能接受的狀況。這時候要如何表達自己的意思？分寸要怎麼拿捏？就很重要，而confuse就能派上用場。

　　舉例來說，老闆下個指令，我們明明覺得不可行，但是又不好直說，這時可以這樣講I am confused about this new decision. 「關於這個新決定，我有點搞不清楚……。」如此可以修飾我們的語氣，又能表達出自己的意見。

　　看完了establish、inform及confuse這三個動詞的解釋跟例句，是不是清楚多了呢？如果能掌握這幾個簡單的單字，模擬一下自己會面對的場景，套上關鍵單詞並加以靈活運用，就能適時地達成目標。

Unit
29

談成生意的訣竅 2
Success in Business

STEP 1 ▶▶ 談成生意的秘訣是？再試試從 anticipate、
reply 及 provide 這三個動詞發想開始

Anticipate預料。談成生意的訣竅之一，就是永遠要比客戶看得更遠。譬如說若是紡織業，在石油漲價的時期，就可以提醒客戶能多訂一些貨，以免日後價格變動而受影響，這麼做會讓客戶對我們的專業度更為信任。

Reply回覆。這是一個使用率100%的單字，請好好熟悉此單字的用法吧。

Provide提供。國際貿易中，供應商提供的除了商品之外，還有服務。有再好的商品，若是對客戶的要求、信件不理不睬，慢慢地就會流失掉客戶對我們的信心。

接下來我們先看anticipate、reply及provide這三個動詞的基礎用法，再來看看NG與Good對話的討論和解析，加深印象。

掌握動詞用法：

■ Anticipate會在哪幾種情境下幫助我們談成生意呢？請參考以下幾個狀況：

動詞分析與單句解構

1. 預先準備。當我們anticipate某事時，表示我們事先了解即將要發生的事，而為其作準備。

    例 Before the meeting, you have to anticipate any tough questions and rehearse the answers.

    在會議之前，你必須預先準備好所有困難的問題，而且將答案準備好。

    解析 開會之前，我們是否能做好以上例句所說的呢？預先想好客人可能會提出的問題，並將答案也都演練一遍了。

    面對國外客戶時，光是用英文跟客戶對話，就讓人緊張的不得了，若是這時候客戶忽然提出一個問題，這問題又剛好是我們沒有預先想到的，我們只能又想對策、又要將對策翻成英文表達出來，情況有可能會讓人手忙腳亂，且顯得有些慌張。充足的準備能夠讓我們看起來更專業，這就是談成生意的訣竅。

PART 3 談成生意——破冰篇

2. 預料

例 We anticipate the cost of raw material will increase highly next month, so if possible, please place the order asap to avoid price adjustment.

我們預期原物料成本下個月將會增加許多，如果可能的話，請盡快下單，以免價格有所變動。

解析 好的供應商能在漲價前先通知客戶。供應商必須能掌握市場原物料趨勢，甚至到貨櫃運費……等，因為這些都與客戶所支出的成本息息相關。掌握趨勢後，就能先預先通知客戶，讓客戶準備，如此客戶才能選擇先下單，或是多備貨的預備心理，而不是等漲價時，才通知客戶，如此，光要說服客戶接收漲價這件事，就得花費好大力氣，若是客戶因此心生不滿而轉向其他供應商更是損失巨大。

■ Reply 會在哪幾種情境下幫助我們談成生意呢？請參考以下幾個狀況：

動詞分析與單句解構 2

1. 反擊（對行動的）。句型 reply... with...

例 The students protest against the new election policy; however, the government replied with tear gas.

學生抗議新的選舉法案，然而，政府卻以催淚瓦斯回擊。

2. 回覆

例1 You should reply to the client's question asap.

針對客戶的問題你應該盡快回覆。

例2 We didn't receive any reply from the Quality Check Department.

品檢單位尚未給我們任何回覆。

解析 國際商業中，我們不會每天跟客戶見面開會，但是，我們每天有寫不完的商業書信：舉凡開發新客戶、舊客戶聯絡、訂單處理等事項，一天寫的書信少說也有20封以上。說到商業書信中，最常用的動詞中，reply一定是前三名，可見它的重要性跟實用性了，請把reply的用法好好記下吧。

■ Provide會在哪幾種情境下幫助我們談成生意呢？請參考以下幾個狀況：

動詞分析與單句解構 ③

1. 提供。句型 provide with

例1 The charity provides homeless with food and shelter.

慈善單位為無家可歸的人提供了食物及避難所。

例2 During the show, we will provide the audience with free drink and samples.

參展時，我們將會提供免費的飲料跟樣品給觀眾。

PART 3 談成生意——破除篇

2. 給予；供給

例1 We will provide 2 samples for the quality check. Please don't worry about it.

別擔心，我們會給您 2 個樣品以做為品質測試。

例2 Our company provide not only the good quality products also the prompt service.

我們公司不僅提供優良的產品，更有即時的服務。

解析 在眾多競爭者中，我們要如何脫穎而出呢？關鍵就是我們能提供什麼給客戶：是好的產品？便宜的價格？還是即時的服務呢？若是客戶跟我們要求樣品或是報價單多次，我方卻遲遲未回覆，即使我們的產品再好、價格再便宜，客戶終究會因為得不到好的服務而轉向其他供應商的。談成生意的關鍵之一：提供 provide 給客戶優良的商品，以及好的服務。

STEP 3 ▶▶ 延伸用法 & show time

看完了 anticipate、reply 及 provide 的動詞解析後，開始進階到對話囉！將動詞透過對話的模式，再更加充分理解動詞在句子當中所扮演的角色，慢慢地就能學會活用文法。現在來看與同事間的對話，我們先來看個 NG 版，再思考看看有沒有更好的說法吧！

 **NG! 對話**

Carrie: Mr. Avery will come to our company tomorrow morning. We will have a meeting. Are you ready?

Stacy: Well, the samples are ready in the conference room and I will give him the price list.

Carrie: That's not good enough. Before the meeting, you have to anticipate any tough questions and rehearse the answers.

Stacy: OK, if you insist.

Carrie： Avery 先生明天早上要來公司開會。你準備好了嗎？

Stacy： 嗯，樣品已經放在會議室裡了，我會給他價目表。

Carrie： 這還不夠好。在會議前，你必須預先想好客人可能會提出的問題，並將答案也都演練一遍了。

Stacy： 好的，如果你堅持要這麼做的話。

NG! 對話解析

　　NG 對話中會出現的短語如 If you insist... ，我們在美劇或電影中常會聽到，但是你確定真的了解這句話的意思嗎？小心誤用哦！

1. Mr. Avery will come to our company tomorrow morning.
   Avery 先生明天早上要來公司開會。

   解析 中文裡我們說來公司開會，但是在英文裡卻不能這麼用，因為公司不是一個地點，我們可以說 Mr. Avery will come to our office tomorrow morning. Avery 先生明天早上要來公司（辦公室）開會。我們將 company 換成了實質地點的 office。

2. Are you ready? 你準備好了嗎？

   解析 這句話比較適用於運動比賽、要跑步的口號，不適用於商業對話，稍後會告訴您該怎麼說比較恰當。

3. I will give him the price list. 我會給他價目表。

   解析 首先，承上一篇所說的，若是客戶之前詢問過的，有帶交易條件的，應該是 quotation 報價單，而不是價目表。商業英文裡，我們應避免 tell、give 這類主觀且太口語的單字。當然，非英語系的客戶如來自埃及、中東等的可能會說 I tell you... I give... 這類的句子。客戶並沒有錯，但是我們需自我要求，盡量能學著用正式的商業動詞。

4. If you insist... 如果你堅持的話……。

   解析 有時候，我們會學到一些簡單的句子，但是沒有了解前後文的原因，以及為什麼要用此句，以 if you insist 來說，正確的解讀是：「好吧，如果你的要求是這樣，雖然我不情願，但是會照辦。」，相信大家應該看出這句話說得很不恰當了吧。

GOOD! 對話

Carrie: Mr. Avery will come to our office tomorrow morning. We will have a meeting. I hope that you have been well prepared for it.

Stacy: Well, the samples are ready in the conference room and I will provide the latest quotation.

Carrie: That's not good enough. Before the meeting, you have to anticipate any tough questions and rehearse the answers.

Stacy: You are right. I'm right on it.

Carrie： Avery 先生明天早上要來公司開會。我希望你已經為這會議做好準備。

Stacy： 嗯，樣品已經放在會議室裡了，我將會提供最新的報價單。

Carrie： 這還不夠好。在會議前，你必須預先想好客人可能會提出的問題，並將答案也都演練一遍了。

Stacy： 你說得有理，我馬上去辦。

GOOD! 對話解析

　　修正過的對話活用了 provide 與 anticipate 這兩個單字，除了十分通順外，也將誤用的 if you insist 改為正面的回覆。一起來看看其他正確的用法吧！！

---

1. I hope that you have been well prepared for it. 我希望你已經為這會議做好準備。

   解析 我們將聽起來像是隨便的隨口一問 Are you ready? 換成了 I hope that you have been well prepared for it. 「我希望你能做好準備。」，是不是聽起來正式多了？還有上司對我們期待也悄悄的帶入對話中，而不是有點事不關己的 Are you ready? 準備好了嗎？

2. I will provide the latest quotation. 我會提供作最新報價單。

   解析 在 NG 對話解析裡，我們有談到原先的動詞 give 不恰當，因為比較不正式。換成了 provide 提供，更能顯示出我們的專業度哦。對話或是書信中，盡可能避免使用 I give... I tell... 這類用法，建議您改為 We provide...（我方提供……）或 We inform...（我方通知……），看起來更為專業。

3. I'm right on it. 我即刻去辦。

   解析 同樣都是會去完成上司交代的任務，但是回答的方法不一樣，給人的感覺就差很多。我們將不情願的 If you insist 如果你堅持這樣的話，置換成主動積極的 I'm right on it. 「馬上去辦」，是不是通順多了？

職場巧巧說

　　回到實用性高的Reply，有時候，我們報價了、樣品也寄出了，但是遲遲沒有客戶消息，應該怎麼辦？我們應該寫封商業信件去提醒客戶此事，並希望能夠針對此事，能收到客戶的回覆。

Dear Sir,

We had quoted on the AJ-002 and AJ-356, and also sent the samples.

However, we haven't gotten any reply from you.

Please reply us at your earliest convenience.

您好，已經針對AJ-002及AJ-356報價，而且樣品也已寄出。

然而尚未收到貴公司的進一步回覆。

請您盡早回覆我司。

　　此簡短的信件就能喚醒客戶對於此事的注意。我方持續追蹤、理解客戶的反應就是談成生意的訣竅。介紹完anticipate、reply及provide這三個動詞，模擬一下自己會面對的場景，套上關鍵單詞，面對客戶您將更從容不迫的完成任務。

PART **3** 談成生意——做菜篇

Unit 30 談成生意的訣竅 3
Success in Business

STEP 1 ▶▶ 談成生意的秘訣還有什麼？更要試試從 request、manage 及 follow 這三個動詞發想開始

在國際商業中，面對客戶種種的 request 請求，供應商該如何應付呢？在大部分的狀況下，只要是合情合理，又能改善產品品質，雖然有些要求不容易完成，但是供應商都會盡量配合。

供應商如何 manage 管理製造流程、樣品品質及包裝等等都會影響客戶對供應商的滿意度；甚至到客戶有客訴 claim 時，或面對危機要如何處理客訴時，其實都是考驗供應商的管理能力。

接下來我們先看 request、manage 及 follow 這三個動詞的基礎用法，再來看看 NG 與 Good 商業書信的討論和解析，加深印象並學會活用。

STEP 2 ▶▶ 掌握動詞用法：

■ Request 會在哪幾種情境下幫助我們談成生意呢？請參考以下幾個狀況：

動詞分析與單句解構 ①

1. 請求。句型：on request 依據請求

　　例 The waiter will pack your food on request.
　　服務生將會依您要求將食物打包。

2. 請求。句型：Request someone to do something.

　　例1 The teacher requested Stanly to leave the classroom.
　　老師要求 Stanly 離開教室。

　　例2 The bus driver requested everyone to get off the bus.
　　公車司機要求大家下車。

3. 要求。若我們 request 某事，我們是以客氣及正式的方式要求的。

　　例 The client requested 2 free samples. 客戶要求兩個免費樣品。

　　解析 有些供應商對客戶額外的要求覺得不耐，或是不願意配合，總要客戶不斷催促之後，才有所動作。當客戶跟我們要求某事，若合情合理也不太麻煩時，供應商最好盡量配合。因為談生意的關鍵其實是面對這些要求時，供應商的反應。若能做到的，就幫客戶完成。若不能完成的，也請耐心及盡早跟客戶解釋不能完成的原因，千萬不要漠視客戶的要求哦。

■ Manage 會在哪幾種情境下幫助我們談成生意呢？請參考以下幾個狀況：

動詞分析與單句解構 **2**

1. 管理。當我們說 manage 金錢、時間或是資源時，表示我們以慎重不浪費的方式處理。

   例1 Managing your time is increasingly important.
   善用時間十分重要。

   例2 Annie is very good at managing the household budget.
   Annie 很擅長管理家用預算。

   例3 We should manage our raw material and decrease the attrition rate.
   我們應該管理原料，減少耗損率。

2. 設法完成。當我們 manage to do something，特別是有困難的事，這句是指我們試著努力完成此事。

   例1 Jack managed to finish the quarterly report before Friday.
   Jack 設法在星期五前完成季報。

   例2 We are managing the client's new mould.
   我們正在設法完成客戶的新模具開發。

3. 經營。當我們 manage 某組織時，表示我們為其組織經營負責。

   例1 Ivan has managed the Sales Department for 3 years.
   Ivan 管理業務部門三年了。

   例2 Patrick managed his store without others' help.
   Patrick 管理他的店沒有其他人的幫忙。

■ Follow會在哪幾種情境下幫助我們談成生意呢？請參考以下幾個狀況：

動詞分析與單句解構 ③

1. 跟蹤；跟隨

> **例1** We followed him to the famous restaurant.
> 我們跟著他去那間有名的餐廳。

> **例2** I think we are being followed. We should call police.
> 我想我們被跟蹤了，我們應該報警。

2. 沿著

> **例** We followed the sign, and then arrived the station.
> 我們沿著標誌走，然後到達車站。

3. 接受、遵循（指示）。

> **例1** Adam never follows his doctor's advice. He is still smoking.
> Adam總是不遵循醫生的建議，他還是在抽菸。

> **例2** Rick followed the client's instruction; he started to change the design.
> Rick遵守了客戶的指示，他開始更改設計。

PART **3** 談成生意——做承篇

313

4. 理解、跟得上（說明或是解釋）

例 Jack: Do you understand the client's explanation?

你聽懂客戶的解釋嗎？

Kevin: Sorry, I'm afraid I don't follow.

抱歉，我恐怕不能理解他的意思。

這裡句子裡的 I don't follow 意思是我不了解。

解析 談成生意的訣竅，就是要了解客戶在說什麼。記得有一次跟德國客戶開會的時候，客戶問了一個很有趣的問題：如果你們是貿易商，那麼我為什麼不直接跟工廠進貨，為什麼要透過你們貿易商呢？當然，這個問題的答案大家回答都不一樣。其實客戶在問的是，除了貨物，你們還能提供什麼別的服務嗎？這時，我們就必須指出工廠跟貿易商除了價格之外，還有國際業務流程熟悉程度不一樣，貿易商能提供更多樣的商品。在台灣，還有中國工廠都能快速驗貨，及更即時的服務等等。但是，若是不能理解客戶的意思，單在價格上打轉，其實是沒有益處的。談成生意的訣竅，就是要了解客戶在說什麼。

STEP 3 ▶▶ 延伸用法 & show time

看完了 request、manage 及 follow 的動詞解析後，開始進階到對話囉！將動詞透過商業書信的模式，再更加充分理解動詞在句子當中所扮演的角色，慢慢地就能學會活用文法。現在來看與客戶間的郵件，我們先來看個 NG 版，再思考看看有沒有更好的說法吧！

NG! 商業書信

Dear Sir,

Hi, how are you ?

Last month, you asked me about a free connector sample. We have it now.

I will send it to you today.

Thank you.

您好，

嗨，你好嗎？

上個月，你有問要一個免費的連結器樣品，現在我們拿到了，我今天會寄出。

謝謝

NG! 商業書信解析

　　有沒有感覺這封郵件過於簡短跟隨便呢？雖然我們一直強調商業英文不應複雜生澀難懂，但是過於簡短的書信，會讓人覺得不夠正式與完整。

1. How are you ? 你好嗎？

（解析）若是熟識的客戶，我們總想在信的開始先問候客戶幾句。問候的方式有很多種，但請避免 How are you? 這樣簡短的句子。

GOOD! 商業書信

Dear Sir,

We haven't heard from you for a long time. Hope this email finds you well.

About the connector you requested last month, we are pleased to inform you that the sample is available now.

We send the sample to you directly via DHL today and the tracking no. is DD274508. It should arrive your office very soon. If there is anything not clear, please let me know.
Thank you.

您好，
我們很久沒有貴公司的消息，希望您一切安好。

關於上個月您所要求的連接器樣品，我方很樂意的通知您，現在樣品已經準備好了。
今天，我們會以DHL將樣品寄出，DHL提單號為DD274508
包裹很快就會抵達貴公司。

若有任何不清楚的地方，請您通知我。
謝謝

GOOD! 商業書信解析

　　此封商業書信十分完整。首先先問候客戶，針對主題一一說明。最後，跟客戶提醒若有不清楚的，隨時與我們聯繫。其實談成生意的關鍵，就在於這些商業書信的細節裡。客戶收到信，得到了相關訊息後，自然慢慢就能建立互信基礎。

---

1. We haven't heard from you for a long time. Hope this email finds you well. 我們很久沒有貴公司的消息，希望您一切安好。

   解析 當我們很久沒有跟客戶聯繫時，這一句幾乎可以適用於一切的商業書信的開頭。請記下來吧！

2. About the connector you requested last month. 關於您上個月所詢問的連接器。

   解析 這裡我們將主要的動詞 ask 換成 request，因為 ask 太口語化了。

3. 比較 Ask & Request

   解析 Ask 當問，如 He asked a stupid question. 他問了個笨問題。這樣用不會跟 request 混淆。但是 ask 當要求這麼用：He asked for a sandwich.「他要求要一個三明治。」換成 He requested a sandwich. 可以嗎？若要求的方式是和善且正式的，這樣是可以的。但是在商業英文中，我們說 They requested a catalogue about our new products.「他們索取我們新產品的目錄。」這時候將 request 換成 ask 就不適合了，因為 ask 不適用於正式場合。

PART 3 談成生意──破密篇

4. Sample is available now. 樣品已經準備好了。

解析　將 We have it 換成了 Sample is available. 當我們想表達有沒有，最先想到的是 We have it. We don't have it. 這裡我們學一句實用簡單的 available 可獲得的。如：We are sorry to inform you that the earphone sample is not available so far. 我們很遺憾通知您，目前並沒有耳機的樣品。Now, there are only 20 pcs tires available. Please place the order ASAP. 目前，只有 20 個輪胎，請盡快下單。

5. The tracking no. is DD274508. 提單號 DD2744508。

解析　當我們寄樣品／文件給客戶時，一定要將提單號給客戶去追蹤。很多人會漏此步驟，認為既然都花大錢寄了國際的知名快遞公司，貨物一定不會掉，也一定會很早就抵達。但是站在客戶的角度來看，客戶唯有看到提單號，才能確定樣品／文件已確實寄出、才會放心，更何況，國際企業部門眾多，若是包裹一不注意，就可能送錯部門。有了提單號，客戶就能追蹤，了解包裹的動向。

✦ 職場巧巧說

Follow 有一個好用的片語 As follows，意思如下：

商業書信裡時常會用到，如：The document is as follow: Invoice, Packing list, insurance policy, and B/L.文件如下：發票、包裝單、保單和提單。

有些人會將如下寫成 as below，這是錯誤的喔！若要使用 below，請用 shown below。如：The document is shown below: Invoice, Packing list, insurance policy, and B/L.文件如下：發票、包裝單、保單和提單。

介紹完 request、manage 及 follow 這三個動詞，模擬一下自己會面對的場景，並套上關鍵用詞，面對客戶您將更從容不迫的完成任務，談好生意！

Leader 024

搞定 90+ 職場英文動詞，升職加薪「動」起來

作　　者	黃予辰、Jessica Su
封面構成	高鍾琪
內頁構成	華漢電腦排版有限公司

發 行 人	周瑞德
企劃編輯	饒美君
校　　對	陳欣慧、陳韋佑、魏于婷
印　　製	大亞彩色印刷製版股份有限公司
初　　版	2015 年 8 月
定　　價	新台幣 299 元
出　　版	力得文化
電　　話	(02) 2351-2007
傳　　真	(02) 2351-0887
地　　址	100 台北市中正區福州街 1 號 10 樓之 2
E - m a i l	best.books.service@gmail.com

港澳地區總經銷	泛華發行代理有限公司
地　　　　址	香港新界將軍澳工業邨駿昌街 7 號 2 樓
電　　　　話	(852) 2798-2323
傳　　　　真	(852) 2796-5471

國家圖書館出版品預行編目(CIP)資料

搞定 90+職場英文動詞,升職加薪「動」 起來 /

黃予辰, Jessica Su 著. -- 初版. -- 臺北市：力得

文化, 2015.08　面 ；　公分. -- (Leader ； 24)

ISBN 978-986-91914-4-9(平裝)

1.英語　2.職場　3.讀本

805.18　　　　　　　　　104013144